耕情・啓思・在地心

林政華詩文集

林政華──著

目次

卷一、藝・文・心

卷二、家．鄉．國

卷三、新・詩・情

卷四、對．年．少

卷五、懷・師・恩

卷六、清・思・路

附錄

卷一、藝・文・心

本卷的二十多篇文章，是自寫作以來五十年間的一些文藝作品；字裡行間，都是內在心意的表露：有年少的情懷、對家人的繫念、對學生的關注，以及對寫作的熱誠、多種藝術接觸的嚮往等等，均賦以深情摯愛。

書名「耕情」，是以本卷的個人感情出發，再擴及卷二至卷五的對家、鄉、國，乃至對年少族群的愛；感懷由小學至大學的浩蕩師恩；在在都堅持著人生必須發揮「真情」與「真愛」的念頭。

就中，自己比較喜愛的篇章，一是：〈又見棕櫚〉：當年某同學謬賞有「意識流」的筆法；現在已寫不出來，特留為紀念。二是〈蔗葉・親情・憶〉，懷念生母的心聲，用文學的筆法表出，至今自己仍深受感動。三是〈感佩於繼母的〉、〈哀大弟文〉二篇，含著淚念母、懷弟，心苦又心痛，寧願他們都健在！

而〈一等楷模・幼教守護——悼念林靖娟老師賢棣〉、〈令人敬愛的不世出女星——安潔莉娜・裘莉〉二篇，一寫當年捨身救小朋友的高足幼教老師，一寫當今偉大得令人讚佩不置的美國影星；均由肺腑中流出，讀者自可感受出來。

任教上庠已四十三年，近年在課堂上、課程結束臨別時，每以追求「四真」——真理、真相、真情、真愛，來勉勵學生，兼以自勉。平生努力從事耕情樹愛，希望世間流露著人性中最可貴的情意，與你我的生活常相左右。

又見棕櫚

假期家居生活，容易把人心裡最初的情熱，因為少活動而消沉下去。為免於此，我提前個把月急急北來。

抵此之夜，和老呂一穿過那兩扇側門，就有支大亮燈來迎接。右手邊一排叢樹向前延伸去，那些闊長的葉子作掌狀作羽狀，分列得像鳳尾般，像在尋求著它天空中的幽靜。白天淡黃色的小花香，此刻正伴隨著夜風月光，頻頻前來撲鼻。

我們就走在如許的香徑上。再拐個彎，來到曾經熟悉，然而已經陌生的草皮上，朝鮮草出其不意地在你的手心搔著癢，表示歡迎。老呂是個小有名氣的詩人，一落坐就發起他的詩興來了：

「躺在草地上，就可以看到池塘裏藍天的倒影了。」

詩人，好可愛的名字。氣質和天才是有關的。記得一位學長說過，那些躺在椰榦下草坪上沉思著的，不是詩人就是哲人。而今不問還好，如果一問自己是何許人？我倒覺得茫然；茫然對天，新月如眉，青濛濛的月色，灑下青濛濛的紗帳。我們在帳中傾聽著微風像一條山溪似的，在卵石中歌唱；我輕吟起他的「緬懷」詩句：

我獨自來到清塵潭
澆愁的日子
山霧飄來
一行烏鵲南飛啾啾

水氣悠悠升起
（空蕩蕩的湖面更寂了）

雙槳輕劃
帶起緩緩　兩　三　點
淡淡的禪

老呂是在訴說他寂然澹泊的詩情，我則在緬懷那逝去了的歲月——那一段低迴在詩裏、煙裏、夢裏的日子。

隨後我們縱情的歌唱，他的「鹿港腔」聽來新鮮極了；哼著臺灣高山歌謠：

「刷——依呀那幾喂，米達尼呦俠漢苗幾喂，瓜啦漢尼。……那路灣多依那那呀黑……」

歌聲漸漸低了下來，隱去了。微光下，他對著我，我看著他，都忘了發言，但，我們是心默神契著，始知那份「班訊」上的話——

「朋友：在你清閒的時候，且讓我們面面對著，也不必什麼黃林楓葉，或是夜空月明；只要兩顆心就得了。」

於是，我們抖然立起，攜手折回；熟悉的歸途，我可閤目而行。剛到寢室門口，室友問我上那兒？「你猜！」他眨眨眼睛，說：

「準是又見棕櫚！」

在一剎那間，我們會了心。

（一九六七年十一月三日，臺大《大學新聞》二十六期；大三上）

那風

掠掠風中椰葉分垂般的秀髮，她說：

「這風好好哦！」

那風經過原野，撫著禾苗、草葉，遠遠地前來輕扣這紗窗，比它在坳谷中更活潑；它還濡染了山色土香，於是秋的腳步近了。

前些日子的風雨一過，東山上的青樹綠林，是多麼親近你，真叫人訝異，好像走過那棵楊柳，再經過兩棵榕樹，就到山腳下了。密綠的山，嫵柔的太陽，清新的空氣，誰能說這不是風雨帶給了我們嗎？

可是，颱風雨之後，一陣熱風突如其來，把夏衣再取出來呢？還是把秋衫搬回衣櫥裡去？我對敞開著的窗，竟困惑了老半天。那令人舒懷爽心的風，到那兒去了呢？叫我到那兒去找尋你呢？

我走在綠林掩映的這條長遠的路上，企圖傾聽那風的跫音，可是愈走愈遠，陰雲蔽山；同是那山，離我卻這麼遠。可是，我還是在這條路上走著，企圖追尋些什麼。

（一九七〇年十月十六日，清華大學《清華雙週刊》；研一）

夕陽．秋野．夕陽

秋陽好似多愁善感的少婦，已漸西斜；她的餘暉，染紅了半壁天：悠悠的浮雲，在虛無縹緲間。但，頃刻化成綺麗的晚霞，鮮活耀目，好似含苞待放的玫瑰。好一幅伊士曼特藝十彩圖啊！

遠遠的那一棵青綠的楓樹，偷偷地換上猩紅的衣裳，與那孤榦高莖的棕櫚，紅綠相映成趣。

溪水淙淙，清澈得幾乎可細數游魚三五，還有鵝卵石的影子。垂柳夾岸，婆娑飄舞，向著溪流獻媚。偶而，一片枯葉落下，激起粼粼的漣漪，一圈一圈，宛如少女面頰上的笑靨；瞬即輕輕流逝於眼簾。

「春華雖美，期於秋實」，結穗盈盈的稻田，金風拂過處，起伏著陣陣無涯的浪花。脫穀機的音響，直沖雲霄，打破了沉靜的秋野。田畦上，農夫臉上嘴邊綻開微笑的蓓蕾，揮汗抄草的勞苦，隨之煙消霧散。

裊裊的炊煙，像無數條青龍冉冉上升，更添神韻，凡俗之心，為之一淨。

倦鳥紛紛展翼歸巢，在那小林中啁啾……，啁啾……

牛背上、小路邊，牧童的笛韻和諧地配著牛鈴，牧歌的餘音迴轉於蒼穹中。

悽悽的蟲鳴、「啞！啞！」的烏鴉之歌，與天籟俱合，構成一曲哀怨悱惻的「田園交響樂」。

夕陽無限好，詩情畫意的田野黃昏奇景，不久就被批上烏紗，悄然降臨的夜之神，取而代之；

於是，夕陽頻頻向著大地告別，……。

（一九六三年十一月一日，臺中《民聲日報》副刊，筆名：歸帆；高二）

蔗葉・親情・憶

窗櫺外，一叢蔗葉正伴隨著暮色，在夜空中搖曳，像要擺脫這屋內嘈雜的人聲似的。它搖曳著悲歡的過去，訴說著蒼茫的故事。那長長的葉子如垂下的柳條，是那樣溫柔的，是那樣遷就的，又是那樣俯首含笑的，正像母親對孩子的愛一般。

故鄉的蔗葉不也是這般的情景嗎？

在記憶裡，父親一直是在糖廠服務，所以田裡每年總要認種一畝半畝的甘蔗。而父親每天忙於公務，蔗園的工作，就自然的落在母親一人的身上。烈陽下，她穿梭在土黃色的蔗田中，彎了腰插著蔗種，常不偶時地挺起身來，用手背拭去流到眉上的汗滴。

通常春天播下希望的種籽，來年秋天就長成一片蔗園如綠海，圓而稍尖的花序在送爽的西風中絮飄著，比起翻白的蘆花悅人眼目。天寒之際，就是收成的季節，那時母親總要先帶幾根回來，看到我們兄弟姊妹啃得津津有味，她就樂開了，早已忘卻了一天的疲倦，連年辛勞。

有一天，我賭氣不吃晚飯，她急急跑來抱住我，兩隻大水桶從肩上滑下，只聽她哄著我，說：「我的心肝兒囝，你快吃吧！媽要看你長大——像這些甘蔗。」我掙脫了她的手，舉起甘蔗就啃。

「媽：嚐嚐多甜！」

我又爬上媽媽的膝蓋，一面吸著甜汁，一面掠去她髮上的蛛絲。風乾的汗珠摻和著小沙粒，傳到我的手心來。咦！這邊還有隱現著的折痕，那是——皺紋（我後來在書本上學到的）。啊！慈母的愛，原來是鐫刻在皺紋上的！

十年前的月亮早已沉下去了，……。母親病倒在床上的那年，我沒有看到那片蔗園，也嚐不到家產的蔗甜，不能，再也不能了。

此刻，窗外的蔗葉何嘗不在尋求它夜空中的寧靜？可是，風聲正緊，下垂的葉梢觸動了地上的沙粒，拂過去；突然捲起了一陣急風，童年的夢遠了，渺了。

媽！這屋子好……冷。

（一九六七年十一月十九日，臺大《大學新聞》；大三）

睿智的母愛

（上略）早在一九五八年，母親逝世前幾天，她因患半身不遂症還能說話時，曾語氣慈藹的告訴正就讀小學六年級的我，要好好兒用功，說：

「你的面貌很像林鶴年縣長；看看將來能不能也像他一樣出人頭地。」

在當年連小學都沒上過的媽媽眼中，能當上一縣之長，已是心目中的偉人，何況鶴年先生又是我們霧峰林家人呢！

母親是以何等的愛心和企盼，說出這樣深情的話！當時自己年少，過些年才悟知是她的遺囑；因為過了一兩天，她就病重不能再言語了！

雖然筆者略知上進，後來由中商考入臺大中文系、所，獲得國家文學博士學位，當了教授，作育人才；和慈母期望的當縣長，性質不同，不能相比較，但是，至今對社會國家的貢獻，絕對大不如林縣長，自己仍有待努力衝刺，以慰　母在天之靈。

（節錄自〈八仙山聳綠水迴環——敬悼林鶴年先生〉，刊於一九九四年十二月二十一日《臺灣日報》副刊）

治學與思親

風雲難測，旦夕禍福，今天我所日夜思念著的、祈禱著的，竟不只是母親，而還有父親；天啊！

我所以有今天，完全是父母所賜予的。母親在我小學六年級時，就走了，當時她虛歲才三十九；小小妹還在襁褓之中，她哪裡知道媽媽永遠離開我們了呢？

母親彌留的前兩天，叮囑我要努力讀書，明年考上當時中部最好的省一中，將來能夠出人頭地。那一天，母親還關照我讀書固然要緊，但也不可太透支體力，她說：

「你讀累了，就到屋前屋後走走，休息，散散心；再接著讀下去，才不會傷了身體。」

第二天，她就因多年的半身不遂症，為了家計，上蔗園、下稻田，忙裡忙外，積勞疲累而一倒不起了！

她過世後，我曾立志要學醫，努力探求半身不遂症的病因，對症下藥，解救天下罹患的病人；但，只怪自己不爭氣，次年竟以四分半之差，沒能考上公立臺中市初中聯招學校，只好唸商職。當年商校畢業，只能報考大專院校乙組的文法商科系；這時，我知道自己離學醫越來越遠了。

因此，我只好在文學方面下工夫，考入中文系而碩士班而博士班，希望將來學成後為國家栽培後進；這樣，雖然不能達到學醫治病的初衷，但育才助國，作用類似，差可告慰　母親臨終前諄諄的告誡吧？

我從小就喜歡看書；母親生前的疼愛和叮嚀，都成為她鼓舞我、福祐我成功的無限力量。例如：我以榜首考入中商高級部，三年後考入臺大中文系，四年後再以前茅的成績進入碩士班；這些，如果沒有　母親在天之靈的保佑，怎麼能夠如此順利呢？尤其我考大學的成績竟比預估的多出五十多分；還有由小學直到博士班畢業，這段漫長的二十三年求學生涯，都是連續升級，從沒有重考過；否則，換新課程、新教本，我們家沒錢補習，一定無法考上。

我知道這是母親在冥冥中暗助我，指引我前進的；我常常覺得她在我身邊，並沒有離開我們。母親，以她的身體哺育我們八個子女，已為我們付出太多了，太大了；身後，依然不忘顯靈來照顧我，教我如何不思念她，如何不更加努力上進呢？

而父親平日就很重視我的學業；我在兄弟姊妹中，書讀得最多，大姊也只是初職畢業。在我感覺，父親最喜歡我；前些年他還把傳家的族譜交給我保管。自從母親走後，他更加節儉，更加忙碌，二十年如一日；甚至在他從糖廠技工退休以後，仍不辭辛勞地替人家看管車輛，得到微薄的薪水。我們勸他辭職，他老是說：

「人活到老，工作到老；尤其是男人不可以沒有職業。」

不幸，老天無眼，竟給父親帶來了肝硬化所引起的食道靜脈瘤破裂症，吐血溢盂。手術後的食道吃東西很不習慣，以致日益消瘦；更由於手術時所輸入的血清中含有肝炎病毒，三個月之間已侵入了大腦，致使他肝臟機能衰竭，無法解毒。呼吸越來越困難，終於手腳痙攣抽搐。想起本月三日凌晨五時多起，眼看著　他老人家一步一步走向黃泉路，我的眼淚又來了……

父母親他們並沒有死，我流有他們的血液，　他們永遠活在我的心中、目中。今後，我要更加努力工作，勤奮治學，報效國家，絕對不讓他們失望！

（一九七八年四月二十三日，父親大去後二十日。

一九七八年五月十四日，臺北師專女青年會《懿光》）

就怕過年

這輩子已經過了六十多個年，害怕甚麼呢？但是，其實今年最害怕！懂得害怕。

小時候，家窮，兄弟姊妹又多，怕沒有新衣穿、沒有壓歲錢。十三歲時，媽媽走了，還懵懵懂懂的。熬過了多少歲月，後來，自己也成了家，稍能帶給兒女年節的快樂。

直到去年端午節那天，繼母年近九十，突然腦中風臥床，插鼻胃管，進出醫院、老人療養所多次；尤其是年底的多重器官病變，急返臺中，將母親轉往署立醫院，方才保住了一條命。媽媽終於又能回到療養所靜養。

想起李密〈陳情表〉的：祖母劉日薄西山，氣息奄奄，人命危淺，朝不保夕。……就怕，就難過，真不敢再想下去了！

每回送媽媽進加護病房，都要被迫簽署病危是否同意急救書，每回都天人交戰。如今，距離過年不到一個月，最怕媽媽捱不了。媽媽：不要怕過年！孩兒陪　您過，媽媽長命百歲，天佑媽媽！

（二〇一五年六月四日，金門日報副刊文學）

有拜有保庇

受過高等教育的人，一般都會深深反省社會迷信的不宜，反對燒香拜神、抽籤問吉凶的行為。但，自從媽媽在去年腦中風臥病以來，我就不時地有廟必拜，找籤筒抽籤，暗暗的祈求媽媽康復，長命百歲；啊！媽虛歲已九十了。

礁溪的×陽宮是常去的地方，抽出來的籤也常常是好籤。今年年假次日，到福隆去散心，手抽×興宮的第三六己亥籤，籤詩說：「福如東海壽如山，君爾何須探苦難？命內自然逢大吉，祈保分明自平安。」對我來說，這簡直是上上籤。但是，媽媽在臺中的療養所，當時因為被感染轉送到一般醫院。知道後急忙趕回去，把她老人家轉到醫術、設備等都較好的署立醫院，而能保住一條命。

過兩天，跟內人的退休聯誼會同事去南投賞新梅，路經臺中外埔鄉的總道院，真的抽中第六六庚己籤，上頭印的是「上上」：

「耕耘只可在鄉邦，何用求謀向外方？見說今年新運好，門閭喜氣事雙雙。」

還有「問病：則安」的解說。當時，我感覺媽媽已脫離了加護病房；電問家人，果然告知：署醫因媽媽病情好轉，已在昨天轉至一般病房了！

抽籤靈不靈驗？老實說我也不知道。我們只求善盡人事，在最無助的時候，希望得到一些精神的安慰；希望人世間不要再有苦難。

（二〇一五年六月九日，金門日報副刊文學版）

感佩於繼母的

母親大人，民國十六年七月十日生於臺中南屯楓樹腳。排行老大，有二個弟弟。自年幼起，即知孝順父母；外公早逝，與寡母相依為命。長姐如母兼父，一生照顧雙弟，為他們找工作、覓對象，甚至買房子：孝悌真情，世所罕見；也因此耽誤了自己的青春。

直到三十八歲時，來歸林家為繼母；她自己沒生子女，而撫養一至十多歲沒了娘的八個子女；當時，小妹美娟還在襁褓、竹搖椅中。親友全部反對此舉，但媽媽天生慈悲，大勇大愛，說：

「我可憐這八個嗷嗷待哺的孩子，再苦也要成養他們長大；我不照顧他們誰來照顧呢？……」

在最艱困的四五〇年代，國窮家窮，苦難正要開始；爸爸服務於臺糖公司擔任技工，薪水微薄；但媽媽是女強人，靠著一雙巧手，燙頭髮、剪造型、化妝新娘、……。她出身「光復」後臺中著名的「東京號美容院」首席美髮師，日夜站立工作近二十小時，顧客個個滿意，讚譽有加；每逢年節，更是徹夜工作不能睡。後來在中華路、中正路租屋開店，因避漲房租數次搬遷，最後終於在中正路現址買茨生根，安頓下來。這一折騰，就經歷了十幾二十年的苦日子！

我們在媽媽含辛茹苦撫育下，都能接受小學以上的教育，有安定的工作：大姊美智，初級家職畢業，服務公路局至退休。小弟政中，初職畢業，服務烏日酒廠公職。三男政芳，生前對配漆、噴漆技術特有天分，服務顧客到家，最博好評；他又宅心仁厚，拖著命跟隨慈濟師兄姐志工腳步，到處做義工；往生之日還在做，所以感動人天。次男政華，由商職考取臺大中文系所，以國家文學博士畢業，曾任教多所大學至退休。

四位媳婦也都賢慧，相夫教育、栽培子女有方，如：長孫女佳慧，畢業於成大，擔任會計工作；孫壻張俊文為會計師，擔任大學教席。次媳吳美玉，臺大文學碩士，任教高中至退休；子林景，美國密西根碩士；女曉舲，正大暨美國維吉尼亞雙企管碩士，任職外商公司。三媳陳瑞妍，是母親親挑的好媳婦，心地淳厚，熱心公益，成為慈濟委員幹部組長，每赴現場救災，身影感人；更引薦婆婆參加慈濟為委員，利益眾生，不遺餘力；尤以去年二月，母親將不動膝關節手術的十六萬元，匿名樂捐慈濟。子柏霖，農學碩士，為農牧專家，服務南投縣政府農業處，主管茶葉事務，獲頒模範公務人員獎勵殊榮；子柏川，正大高材生，業餘為爬山專家，任教著名小學。四媳柯燕臻，個性開朗，長子璟翔服務中油，次子志鴻是牙醫師。一家碩士、博士，擔任老師、教授者十餘位，母親可謂「成就教育之家的媽媽、阿嬤」！這正是　她老人家數十年身教、言教的成果。

而大女壻鄭朝和，服務勝家裁縫公司，對機械製造特有心得與業績。二女壻陳正吉，務農有成，精研佛法，自建佛堂、立莊嚴大觀音像，講經說法；又以藥草助人濟眾，功德殊勝。三女壻洪清標，殷實店商，而又熱心公益，對伸張正義劍及履及；四女壻張政龍，從事交通服務，事親至孝，日夜不離。而十數位曾孫、外曾孫輩，個個乖巧、向學，快樂成長，不在話下。

母親身體健朗，聲音宏亮，丹田特為有力，是長壽的象徵；果然，今年虛歲已九十。她老人家平日全心全力投入美髮工作，操持家務，病發前仍舊自己洗衣、煮飯；含飴弄孫、懷抱曾孫，樂而不疲。去年端午節前一天，竟因腦血管病變住院，經臺中署醫急診檢查，暫無異狀，命母回家休養。豈料夜裡又發作，搶救太晚，致腦幹出血，昏迷不省人事；數次進出醫院與療養所，達七個多月。竟在今年二月十日晚上往生！天失　母親這樣的大善人菩薩，眾親族晚輩如何依恃、仰賴?!

母往生後，有臺中蓮社、慈濟功德會委員及善心知交數百位，日夜二十小時分十數組班，輪流持名助念，慰　親恤孤，感佩無數。　母親有修有德，儀容法相益發莊嚴，定蒙佛祖接引西方，差可安慰。

（二〇一五年二月十七日告別式中泣訴）

天足的聯想

春節還鄉，趕去看在學噴漆的大弟。打量著他，一身的油漬，似乎是理所當然的；不過，最令人注意的是那一雙腳：冷天裡，他依然蹬著slipper；編狹的橡皮帶子，遮不住他腳丫子的髒；像張開著的手指，指頭向左右發展。這大概是一般人所說的「天足」吧。

像法國盧梭的『愛彌兒』裡的那個少年，從小就被放入一個自然的試驗區；那裏，有的是完完全全的自由，不沾染一絲絲的都市文化氣息。盧梭以為如此，才是發展個性最好的方法。

可是我的大弟，聽他的老闆娘說，買了超過尺寸的鞋子穿，他次次喊痛，一溜煙就拐到房裡脫了，還他「自由足」。王雲五年幼時不是也沒嚐過「鞋穿」（被鞋子穿）的滋味嗎？不知後來他不得不穿鞋子時，有沒有如大弟的那種感覺？

自由與約束能走極端嗎？變得放縱和殘忍好嗎？依照適度的比例去發展，才合人性吧。

（一九六七年三月十三日，臺中《民聲日報》副刊，筆名：鄭華；大二）

哀大弟文

阿芳的心非常軟，小時候，有一次他和弟弟打打鬧鬧，惹得很忙碌的媽媽不高興，我動之以情苦勸了他，不久，平常憨直不屈的他，哭了。自從那時候開始，我就知道他的心是軟的、忠厚的，凡事為他人著想的；所以，在他太短的人生中，他是被打不還手，寧願自己吃虧也不跟人計較的好人。但是這樣的好人，天啊！竟不給他長壽！沒有父親的壽數！

阿芳弟弟對色彩的調配是個天才。他在國校畢業後，就到臺中市光復路「金星油漆行」做學徒；非常辛苦，老闆娘虐待員工，給他吃的是隔夜已臭酸的稀飯。後來爸爸終於知道了，趕緊把他接回家來。過年時，他問我：「到臺北要不要帶身分證？」我說：「最好帶著呀。」年還沒過完，大概是初四或初五吧，他就帶著身分證上臺北找工作了；也沒告訴我一聲。

四十多年前，他一定是擠著沙丁魚似的慢火車，去到舉目無親的大臺北。茫茫人海中，他走啊走的，來到松江路上；看到電線桿上貼著招募噴漆工人的啟事。按著地址，來到附近的新莊頭前路某某噴漆工廠的門市部。這時，只有工廠的董事長在。董事長要弟弟在走廊條椅上坐坐，說：「等一下工廠有人載貨來，翻頭回去時，我再請他載你到工廠去，看看有沒有缺人？」

不久，果然來了一輛貨車，滿載角鋼等成品。弟弟勤勞慣了，沒人叫他作，他立刻幫忙卸貨，忙得不亦樂乎。董事長看在眼裡，像這樣的好工人不請才怪呢！於是，在弟弟跟隨貨車走了之後，董事長大概偷偷的打電話給廠長：無論如何一定要用他！阿芳對攪漆、抓色彩特別準確，有辦法完全配合客戶的高標準要求，人又勤快、不怕艱苦；所以第二個月，廠長就升他薪水，以後也常加薪。

直到多年後，噴漆工作的各種訣竅都學會了，他才辭職回故鄉服務桑梓。也沒錢開店面，每天用摩托車載著噴漆機器，到客戶家噴漆，服務到家。服務到家，這在當年是很新潮的作法，贏得客戶的喜愛，工作源源不絕；生活也逐漸好轉，於是娶妻生子。機車也改用小貨車，邁向希望但不可捉摸的人生，……。

在工作上，難免有太多吃檳榔、請喝酒的應酬，年久月深，影響身體的健康，這種「職業病」後來成了阿芳中風的主因。命是撿回來了，但工作也停頓了好幾年。等復原到可工作時，又遇到經濟不景氣；因此，就跟著媽媽和太太到慈濟做義工。慈濟是奉獻全世界愛心的偉大慈善團體，師兄、師姐不嫌棄病後的他的笨拙，用無比的愛心包容他。尤其是洪若居師兄，平時照顧他特別多，形同兄弟，非常投緣。正想那天要專誠由阿芳帶領當面感謝洪師兄等大善人時，那裡知道阿芳走得這麼快！真像晴天霹靂，怎麼敢相信？怎麼能相信？

我虛長你五歲，年齡相近，和他感情較好：每次回臺中家，他總是要請我，拉我去吃夜市，或者乾脆買好吃的東西回來要我吃；讓我感到很慚愧！在八位兄弟姊妹當中，因為我怕種田、作工的苦，所以拚命讀書；讀書要花很多錢，所以可以說是我奪了兄弟姊妹們讀書受高教育的機會，罪過，罪過！想到阿芳一生的辛苦，我是難辭其咎的！希望阿芳在天之靈，可要原諒阿華哥哥的不是！

阿芳在生時並不很快樂，我知道。唯一可以放心的是娶到瑞妍小姐為妻；弟媳性情好，懂事明理中帶著慈悲的善心善念，是天生的慈濟種子。果然，後來她成了慈濟志工，也牽引婆婆加入；廣結善緣，作了無數的善事。曾經上媒體的是，多年前臺中後車站附近的金沙廣場大樓大火，第一時間在電視上，看到她們到現場搶救的善舉，不怕危險，令人感動和光榮。

另外可欣慰的，就是二個孩子：柏霖和柏川，都乖巧有愛心，有乃父之風。柏霖，長得皮膚較黑，小時很得阿公疼愛；國小時還是個小詩人呢，在臺灣日報兒童版看過他的詩作。長大後，他把愛心用在動物身上，先後畢業於霧峰農校、臺中高農、屏東科技大學畜牧系，以及中興大學動物研究所；現在，任職於興大農推中心專案助理。（案：後高普考及格，服務南投縣農業處）

而柏川也畢業於中正大學心理系、所，在教育學程中取得國小教師資格後，就把愛心奉獻給小孩子。先後任教於嘉義縣國小、臺中縣鐵砧國小。目前則在臺中縣沙鹿文光國小。他在各校都能盡忠職守，活潑教學，很能了解學童心理；因而也栽培出許多後進，甚得主任、校長的喜愛和照顧，以及同事的友愛；這回冒暑來到阿芳靈前弔唁的，就有數十位同事、長官，至深感激。

芳弟呀，你的走，多少人不相信！十八號早上，你陪在洪師兄隊長之後，到慈濟新田分院作工，師兄姐都還跟你打招呼呢。你腳步慢了，有人還催你走快一點，否則就趕不上洪師兄了；現在想起來，當時你身體已走不動了吧，還拖著命作志工吧！十一點鐘回到家；十二點鐘左右吃自助餐，梅雨時節，天熱氣悶，你血壓急升，三度中風，吐了兩口，竟然倒地不起啊！遺憾的是，當時，太太也正在花蓮靜思精舍作義工，無法見你最後一面！你孤零零的面對無常的到來！天啊！你撐得住嗎？你走得是這麼勇敢！阿芳：你為大眾作工到最後一刻，雖然離開了我們，但相信是蒙佛菩薩接引西方極樂。

那天，看你的大體，果然紅潤安詳，佛恩加被，阿彌陀佛！阿彌陀佛！盼你乘願再來，我還要做你的兄弟！這次，我定要作得稱職一點！二哥合十。

（二〇〇七年五月二十六日）

老父嫁女心

曉舲女兒：

今年，對我們家來說，是很特別的一年；就中最特別的，是妳要和小張——鴻駿另組小家庭，這是爸媽既不捨又高興，五味雜陳的事。

十日，你們公證時，爸有課無法在場觀禮祝福；但，我們的心是高興的，與妳們在一起。相信奶奶在天上也祝福妳們；去年，妳有帶小張去臺中看她老人家。有奶奶的祝福，妳們的婚姻「金定」是幸福的。

小張的人格特質，親切、可愛的笑容，要笑不笑時最可人，我也喜歡。要好好珍惜這位紳士哦。人沒有十全十美的，人生也沒有甚麼過不去的。今後，要相夫教子，孝敬公婆；公、婆才是妳後天的父母，多問候他們，有說有笑的；吃的喝的，他們先有一份。還有小叔，也要盡到妳做嫂子應有的照顧。這樣，全家才和樂，妳將倍感快樂又幸福。

甚麼都不會的老爸，沒有甚麼好送妳的，就以滿心的關懷和祝福，永遠跟妳們在一起吧！

爸爸　二〇一五年六月九日

一等楷模・幼教守護

——悼念林靖娟老師賢棣

「林老師的屍體被發現，懷中仍抱著孩子，……」

「近日，健康幼稚園林老師的捨己救學生的崇高人格表現，不僅為臺灣這錢淹腳目、功利取向的社會，注入一股清流，更獲得許多家長、社會人士對老師的激賞與肯定。」

以上這兩段話，是筆者正在評分臺北師院進修部入學考試，「身教與言教」的兩份作文卷中，隨意抄錄下來的句子；林靖娟老師的偉大行徑，帶給社會的影響，可見一斑。

當報載林靖娟是十年前本院前身——臺北師專幼教科的學生時，筆者立即想到可能教過她；今天到進修部查閱學籍表，一看照片，就覺得很面善。回頭再查對筆者個人的「歷年任教情形一覽表」，果然在七十三學年上學期第一次講授「兒童文學研究」課程，教的正是靖娟棣她們班（按：一九八五年六月畢業）。在擔任兒童文學課之前，筆者在夜間部幼教科一直擔任國文課，靖娟棣在一、二年級必修國文課，也可能曾是我的學生；否則，只有一學期的兒童文學課，不可能一見其遺照，就覺得很面善，很有印象。嗚呼！一年半的師生緣，就此休止，豈不令人感傷？

靖娟賢棣對幼稚教育很有興趣，有關學科均得高分：除「兒童文學研究」為八十八分外，聲樂九十五分，素描九十分，勞作八十七分，特殊教育八十五分。而且越學越好，在畢業的那個學期，總平均達八十六分；操行成績也最高——八十九分。像這樣品學兼優的好學生，三十多歲了不結婚無家累，晚上還打電話教導小朋友；又一心想存錢開幼稚園，將自己的幼教理念付諸實現。最後，竟以獨入火海，搶救可愛的小生命，而遭不幸：上天對待這麼樣的好人，應該嗎？

靖娟賢棣不止在本院校夜間部幼教科就讀三年，入學前一年，也是幼稚園教師進修班的學生，選修二十個學分的專業科目。當年，筆者在夜間部擔任註冊組長，深知幼進班學生多，而幼教科名額少，要考上可不容易。她與北師有四年之緣，今天，奮不顧身、有人無己的聖善行為，北師以她為榮。本院師生同仁於五月二十七日舉行追悼會，並接受某電子公司負責人所捐一百萬元，以「林靖娟老師幼教紀念獎學金」為名義，作為鼓勵幼教科系後進之用，遺愛人間，永懷追念。

靖娟賢棣的犧牲，如能換來大家對幼教的關懷、交通安全的注重，也是值得的，也是值得的。

靖娟賢棣實在是兼具智、仁、勇三達德的一個人。她的形體雖為火神所奪，但其偉大的精神，表現出億萬人所做不到的行為，卻永遠活在世人的心中，守護著幼教，杏壇流芳。行政院決頒「一等楷模獎章」，名至實歸，永垂典型！

靖娟賢棣：安息吧，妳為大家做的，已夠多了。您是夠苦了！

（一九九二年五月二十六日作。原載一九九二年八月，國立臺北師院《國民教育》三十二卷十一、十二期合刊）

陳千武先生與我

看到二〇一二年六月號《文訊》雜誌，驚悉全才學、全方位的臺灣文學家陳千武先生，於四月三十日辭世，享壽九十一歲。往年，陳千老有大作常主動寄下，或作交換；近一年來，沒有陳老的音訊，原來是「他腳步有些蹣跚，行動有些遲緩」（《文訊》總編輯封德屏「向前行代詩人致敬——陳千武先生」語），陳老先生走了。

回想二〇〇二年九月，陳老榮獲總統親頒「國家文藝獎」。十一月初，筆者前所服務主持的真理大學臺灣文學系，將頒致「臺灣文學家牛津獎」給他。這是真大臺文系的年度大事，也是臺灣文學界的大事；我雖然已不在臺文系主任的職位上，但對陳老這位故鄉臺中的文學家終於獲獎，心中特為高興。於是，仿前三四年主辦葉石濤、鍾肇政、王昶雄，乃至林亨泰先生文學會議的方式、「規格」，撰寫陳老的學經歷、獲獎紀錄（均刊二〇〇二、十、三十一臺灣新聞報副刊）、臺灣文學之寶（二〇〇二、十、二十四臺灣時報副刊）等三篇資料性文字，介紹先生的生平、事蹟與成就。

此外，又先後在報紙、雜誌撰文：「福爾摩莎的良知——陳千武先生之詩文概述」（刊二〇〇二、十一、二臺灣日報副刊）、「國家文藝獎得主陳千武對現代詩的反省與批判」、「陳千武『詩無邪』理念的形成與貫徹」（二〇〇二、十、三十一臺灣新聞報、自由時報副刊）、「福爾摩莎的良知——陳千武先生的文學志業」（真理大學《臺灣文學評論》三卷一期，二〇〇三、一、一）、

「陳千武先生文學年譜」（開南管理學院《通識研究集刊》三期，二〇〇三、六）等，比較詳細些介紹陳千老的文學成就與貢獻，乃至發覆其內在精神。

在撰寫他的文學年譜時，曾將全文呈給他指教，他鉅細靡遺的補正了多處；因此，可說在二〇〇三年以前有關他的文學活動、作品目錄等等，筆者的這篇年譜，是最齊全和正確的。之後又十年他才辭世；最後的十年，他的創作更豐富。在二〇〇三年八月，臺中市文化局已先行刊印『陳千武詩全集』十二冊（陳明台主編）。他可說是耗盡最後一滴血，為了臺灣文壇至死方休的一位文學家！

日久無法記得是何時認識陳老的，大約是在一九八四年，他擔任臺灣省兒童文學協會理事長之前不久；當時我是會員。次年七月，曾參加他主持的協會在豐原市興農山莊舉辦的「兒童文學夏令營」五天。一九八六年五月，又參加陳老主持的臺中市立文化中心舉辦的「兒童文學研習班」七天。後來，我曾擔任協會理事，見面請益的次數就多了；當時也認識了他的公子明台博士。

一九九五年六月，我因臺中商職學姊白慈飄之推薦，在臺中市籍作家作品集中有散文集『耕情集』出版；將之呈寄給陳老指教。陳老是評審委員之一；當時，他正如火如荼的籌備八月在日月潭舉辦的「第五屆亞洲詩人大會」，這是臺灣文壇的盛事，所以遲至九月十四日才來函，說：

「你的散文相當客觀、情意濃，使我感到喜歡閱讀，今後可比較有時間慢慢欣賞了。」

不論舉辦臺中市的文化活動、兒童文學研習營班，或大型的亞洲詩人大會，陳老都全力以赴，辦得有聲有色。但，這些事務無疑的會影響他的文學創作，他在信中，就對筆者吐露心聲，道：

「想起辦一次詩人會議，我本身就要擱置寫作的情緒，專心為活動而費了約半年的時間。從本身寫作的立場來說，真不划算。不過，為了臺灣文學建立有意義的事蹟，犧牲些時間、能力是應該的。現在大會活動完了，可算有些效用留下來，還可以自我安慰。」

陳老就是這麼一位有人無我、有國家公益無個人私利，不論做人、做事、寫作、國際翻譯交流，乃至提攜後進，都是盡心全力以赴；他真是臺灣文壇的時代鼓手（陳老曾有詩「時代的鼓手」，勉勵詩人。後人多用以比況他），也是人格的典範人物。

（二〇一二年草擬，二〇一五年七月寫定；《笠》詩刊三〇九期，二〇一五年十月號）

老來喜藝術

多年前某日下午，遇雨躲入臺中市大雅路的知名書店，瀏覽了書店四周琳瑯滿目的書籍、雜誌……

一本封面是哥倫比亞藝術家波特羅的「馬上的女人」銅雕（書中有十二頁介紹）的《藝術家》雜誌（第三四九期），赫然在目！吸引我的手；哦！沉甸甸的。隨手翻前翻後，再度引起我這位可退休，在即將步入晚年的生活者，決意要開始認識藝術！

看《藝術家》雜誌不是第一次，但，從前只是偶而翻翻罷了。這一期有六七百頁，一看價錢才一八〇元；結帳時，才知道書店有八折優待活動，又省了三〇多元哩！當下決定以後每期必買，要從此進入藝術的殿堂。

本期《藝術家》，刊載有五頁的「德藝百年展」，等於買了一張故宮的門票。又有八頁的西班牙人達利的「達利年特展」介紹，那更有如到西國去看展了！何況另有張晴文、徐芳蘭等等專家、學者的導覽介紹文字，豈是一時可列舉完的呢？一期數百頁的篇幅，古、今、臺、外的藝術內容都有。

看到了第一五六頁，知道新任故宮博物院石院長表示：「未來將故宮館藏傳統文物走入民間，激發臺灣民眾的喜愛……。」想不到我是一位響應者！

（二〇〇四年）

學唱歌有妙方

「好一朵美麗的茉莉花，……」

歌聲美妙，飄送悠遠……。展喉歌唱，人人可以，自娛也娛人。可是，歌要唱得好，可不簡單；一般人又多半沒有樂理訓練，看不懂五線譜和「豆芽菜」（音符），因此常被視為畏途，不敢在陌生眾人面前開口。

尤其是老年人，早年國窮家窮，例如我只學會課本上幾首後來入譜的兒歌：

「白浪滔滔我不怕，掌穩舵兒往前划……」（捕魚歌）、

「慈母手中線，遊子身上衣……」（遊子吟）、

「哥哥爸爸真偉大，名譽照我家……」（只要我長大）。

雖然退休前後閒暇時間多的是，但是，越老臉皮越薄，更不敢在人前人後「獻醜」了。最近，我突發奇想，……何不唱兒歌呢！

古今臺外的兒歌何其多，幼稚園、小學、廣播電臺、電視、唱片的兒歌；一路走來數十年，也不知聽過多少首兒歌！兒歌的共同特色是：篇幅少易唱易記，音樂旋律活潑，簡單易學，還有歌詞內容積極向上，可以潛移默化人心。

「走走走，我們小手拉小手，……一同去郊遊」（郊遊）

一字一拍，第七個字拉長多一拍，唱起來多簡單呀！

「農家好，農家好，綠水青山四面繞，……」

腦海中的臺灣農村有多美好！即使：

「造飛機，造飛機，來到青草地；蹲下去，蹲下去，我做推進器；……」

當年的戰鬥兒歌，如今唱來聽去，仍然充滿慷慨激昂的熱血！

我最喜歡的兒歌，是那文情並茂、寓情於景物的歌聲，如：

「……兄弟姊妹很和氣，父母都慈祥；雖然沒有好花園，春蘭秋桂常飄香，……」（甜

蜜的家庭）

「我愛鄉村，鄉村風景好：山上有叢林、地上長青草，……鳥兒樹上叫，……」（我愛鄉村）

還有：「蜜蜂做工」：

「嗡嗡嗡，嗡嗡嗡，大家一齊勤做工；來匆匆，……」

尤其柯文哲醫師當上臺北市長後，這歌更是紅徧全國，鼓舞大家努力工作去。

而說來說去，我最喜歡的一首是：

「當我們同在一起，在一起，在一起，當我們……，其快樂無比！……你對著我笑嘻嘻，……」

那種返老還童，不知天高地厚的快樂幸福模樣，不是所有的人一生所追求的嗎？學兒歌、唱兒歌，實在簡單、快活，又逍遙！

（二〇一五年八月三日中華日報副刊，〈老來唱兒歌〉）

最愜意時分

一般退休族多半會過著減法的人生，生活步調悠閒，不求其他。我也不例外。

每天期待三個愜意時分的到來：一是晚飯後，順步到芳鄰里小公園去散步、做做運動。那兒，比自己的社區都「芳」美：公園設施佈置得宜，有兩層香花草樹圍繞。我愛在圓形的兒童遊樂區的軟踏墊上走跳，運動運動手腳。繞了幾圈下來，整天的疲憊消除了，精神恢復了，這時再打道回去看自己喜愛的電視節目。

時而理智，時而深入剖析內容的政論節目播完之後，就是令我心情愜意的沐浴時分。往昔的淋浴，因為事業、家務兩頭忙，其實都是匆匆梳洗，沒有真正貼近自己的肌膚。自去年起改用盆（桶）浴，像孩童時候；將全身躺著泡在盆桶內，全身舒服透了。浴桶有點窄小但也因此更能接近自己的身體，看清自己的肌膚，當然也洗得更乾淨；甚至把一天裡的負面情緒，也盪除無餘。自己按摩腳底各處、雙手各穴點，身體更是由外舒服到內。

每星期一二次的泡溫泉，更是愜意期待；尤其在退休之後的第二年，在溫泉區買了間小湯屋，更增添了寫意的悠閒。內人早退十年，曾熱衷與親友到臺北各地泡一般的SPA；記得我曾加反對：水乾淨嗎？設施安全嗎？又沒有溫泉的效用。如今，我泡起社區大樓的溫泉SPA，有多達八種不同的設施。尤其沖腳底最舒服，有療效；各個穴道多沖幾遍，不必去沖頭、沖肚、沖下半身，已舒爽得想回屋躺床入眠了！始知當初對太太的反對多麼無知。也難怪泡湯是日本生活的主文化，孕育出日人優美素樸的文化美學。

退休真好，退休後能看淡一切，只追求愜意的生活，更好！

（二〇一五年七月九日，馬祖日報副刊鄉土文學）

博愛座的優先順序

在臺灣，公共場所尤其是各種舟車上，都貼有「博愛座」的標誌，說：

「請優先讓座給老人、孕婦、行動不便及抱小孩的乘客」。

雖然我是老人，被列為第一優先；但是，我覺得愧不敢當，應當放在最末；因為讓位博愛座的順序，似乎應以迫切需要程度來決定，最好是：

孕婦、抱小孩者、行動不便者、老人

孕婦，所謂「帶球跑」，最辛苦，是國家未來人口希望之所寄託；最怕有小小的閃失，所以是全民應全力保護的對象，不是嗎？

抱小孩的乘客，幾乎和孕婦一樣需要重視；小孩還需襁抱的，那一定是小小孩，甚或是嬰兒。小小孩、嬰兒不懂事，常亂動；抱持者像帶一顆會滾動的球，安全感很重要，所以是第二順位。

行動不便的乘客，在搖晃的舟車內，很需要有個位子可坐；但在順位上，還是排第三。如當場沒有孕婦、抱小孩的乘客，當然升為第一順位。

而老人，老弱的程度有別，不是凡老人都需要座位；有許多老當益壯的長者，你讓座他還不一定需要呢；因此，排在最末。

博愛座的標誌貼在那兒，如果依上述建議：孕婦、抱小孩的乘客排在前面，大家看熟了、記住了，遠遠見到肚子微凸以上的孕婦、抱小孩的，鐵定會讓座的。臺灣最美的風景是人，到處有溫暖！

（二〇一五年六月十五日）

同志是同胞

我是一位老師，教了幾十年書，走過國人對同性戀的不了解，而加以鄙視、阻擋甚至拆散鴛鴦；到「民智漸開」，出現同志團體爭權益，了解人類的「性向」是天生自然的，逐漸接受同性戀的現實；到今天許多國家、地區，有頭有臉的人同性出櫃、結婚的，時有所聞。不過，一般大眾心中仍有些「芥蒂」存在，認為不要比較好；這點需要再突破。

回想在教學生涯中，曾有二三件同志「事件」：一是六〇年代任教師專時，有一對Y、L同學，Y男較壯，L男秀氣，兩人可說形影不離，祕密相戀。畢業後須到小學服務一年，又申請在同一校。不久，就被小學校長發現，報告他們的師專實習導師，導師則提到全校實習導師會議討論，集思廣益尋求處理對策，他們同性相戀的消息才傳了出來。

在數年前，我任教桃園某大學，又見二男都坐在教室最後一排，也是一壯一秀，課中常傾耳細訴，甚至碰來碰去的，秀男受不了；老師的我只好加以制止，但壯男公然大聲說：「老師：你歧視同志！」這時社會同志氣氛已公開化，所以學生會講這種話；學務處也呼籲善待同志們。

女同志的case我很少碰到，因為女生為了出入安全，總是成雙入對的好姐妹淘，不容易判斷有無同志傾向；如果是，她們也少在公共場合表現。只有一次知道外甥女和她的死黨出雙入對，甚至連我們家族聚會、退休餐會，暱友也連袂出席，事先都沒通報一聲，讓主人措手不及，好像她們焦孟不離是天經地義，理所當然的事。但，隨著外甥女出國留學，她們也逐漸分開了，內人說：外甥女並不是同志，大家都誤會她們了！

女同志在安全、衛生和暴力傾向上，比較沒有男同志的問題，只要排除心中的猜疑、嫉妒，社會可說已默許、接受了她們幾十年了。

（按：二〇一五年七月，美國同志結婚合法；世界有二十餘國同志合法化）

美的世界遺產新主人

——新加坡植物園

七月四日，聯合國教科文組織舉行會議，公佈新的世界遺產（UNESCO World Heritage Site）有四處；其中最美的一處，是：新加坡植物園（Singapore Botanic Gardens）。

早年，我就曾經遊賞過新國的熱帶植物園，印象深刻。它占地不大，只有七十多公頃，南北長二點五公里。但是，它成功地保留了一八五九年英國殖民時期，以迄於今，一百五十多年以上的熱帶植物。園中有國家蘭花園、六公頃的熱帶雨林、鳳梨科植物館、姜科植物園、植物標本館、兒童花園等等設施。

更重要的是，它有國家生物多樣性中心、植物學中心、蘭花育種與快植中心、植物學園藝學圖書館等等；足以孕育成為世界級植物科學研究重鎮，擔負起植物保育、教育和展示的三重任務，都很傑出、優秀。

例如：一八七七年，從英國皇家植物園運來的第一棵橡膠樹種子。一八八八年，博物學家亨利．尼古拉斯李德利成為了園長，並帶頭種植橡膠樹。種植試驗成功，他的方法後來馬來西亞推廣開來，因而使得馬國後來成為世界上橡膠第一大生產和出口國。

由於上述新國人的努力和成就，新加坡植物園得以通過世界遺產專家的嚴格考核與要求，而使得新國獲得第一個世界遺產認證殊榮，舉國歡騰。

花園內的白色主題音樂亭，建於一九三〇年代。周圍是綠地，有矮灌木花圃圍繞，更遠處則熱帶喬木林立，枝葉扶疏中透著粉白花朵。天空中則有白雲飄浮著，園林枝幹橫斜，初黃與墨綠並存，煞是美麗諧和。全幅呈現清幽典雅之致。

去過新加坡的人都知道，新國不只植物園美，全國到處都充滿乾淨清新之美；而人民守法、行政效率高、商業金融發達，一片欣欣向榮、快樂而有希望的景象，比植物園的美更動人。新加坡能，我國臺灣為什麼不能呢?!

（二〇一五年八月十三日，金門日報副刊文學）

令人敬愛的不世出女星

——安潔莉娜・裘莉

我喜歡美國影片「史密斯任務」裡的布萊德彼特，更喜歡她的太太——美國女星安潔莉娜・裘莉（Angelina Jolie）小姐。裘莉令人敬愛的，不只是她演技出色，也能導戲，受到金球獎、金像獎的肯定；她又是慈善家、社會活動家、聯合國兒童親善大使；更在二〇〇一年起，擔任聯合國難民署特使。

目前，全球難民累積有五千九百五十萬人。光就敘利亞一國來說，自二〇一一年爆發內戰以來，難民有三百萬人，加上伊拉克難民，為數更多；但，歐盟各國愈加不願收容難民。此時，裘莉在難民危機震央所在的土耳其，大聲疾呼：

「這世界是……前所未有的那麼多人流離失所！」

「我們必須保護他們！」

聲嘶力竭，舉世為之動容；但呼應的少，益見她人格的可貴，愛心無限。

早在二〇〇五年，她榮獲聯合國人道主義獎。同年，柬埔寨國王簽署了一項政令，授予裘莉為柬埔寨榮譽公民！

而在更早的二〇〇一年，裘莉捐給聯合國難民署一百萬美元，來幫助阿富汗難民，得到了聯合國難民署的高度讚揚。同年，她被任命為難民署親善大使。此後，裘莉曾出訪過世界最窮國家西非的賽拉利昂、世界最不發達的國家坦桑尼亞，和巴基斯坦、查德以及車臣等許多國家、地區的難民營。

《ＦＨＭ》休閒平台雜誌的主編格蘭姆林，對裘莉讚美道：

「她不知疲倦地四處奔走，贏得了全世界的尊重。」

為表揚其慈善工作，特別是在發起運動來消除戰區性暴力問題方面的工作，二〇一四年英國女王親自頒授聖米高及聖喬治最傑出榮譽爵級動銜給她；這是大不列顛最高的榮寵了！

不僅此也，她因母親五十六歲就罹患卵巢癌去世，她本身也是癌症高風險群；為了釐清自己的罹癌風險，而接受了ＢＲＣＡ基因檢測。結果顯示：她的ＤＮＡ帶有家族遺傳性乳癌、卵巢癌的ＢＲＣＡ基因突變，使乳癌和卵巢癌的罹患風險高達八十七％和五十％。二〇一三年四月二十七日，她為預防罹患乳腺癌和卵巢癌，而毅然決然切除乳腺。消息傳出，世人對她更加的推崇，讚佩她的勇敢與當機立斷的智慧，足以為世界女性乃至男人的典範。

此外，對臺灣國人來說，更讓我們又佩服又愛戴的是：二〇一四年，她曾在中國上海被問到最喜歡哪位「中國導演」？演藝最內行、出色的她回答說：「最欣賞臺灣導演李安」；並糾正記者：李安是臺灣人而非中國人。這，曾因此引起中國網友的反彈呢。

（二〇一五年八月二十五日，金門日報副刊文學）

前夫出現了

朋友H君愛上L女，過程頗富戲劇性；以下是H君訴說女友的遭遇。

L女是「大陸妹」，兩岸開通後不久就想來臺灣寶島。經人介紹認識在賣麵的同鄉Y男，她用假結婚名義來到了臺北。舉目無親的她，住了三四天破舊的旅社後，Y男要她到麵店打雜，供她吃住；但薪水微薄，看他的心情給，他認為她沒甚麼錢就跑不了。她甚麼事都得做，一天忙到晚，打烊後倒頭就睡，第二天還要老闆大聲喊她，才起得來。

日子過得真快，有一天，老闆就不再規矩了，上床粗手粗腳的，簡直是蹂躪。她沒辦法抗拒，只想八年快到取得身分證。

二千九百多個日子終於到了！L女脫離苦海，她逃離了Y麵店。好不容易找到幫傭、清潔婦的工作。日子飛快，又十年過去了。

去年在客運車上，L女遇到了我朋友H君，二人很談得來；H君很欣賞她村姑的單純和上進，兩人都覺得相見恨晚，過得甜甜蜜蜜。

話說Y男把她視同禁臠，十年來千方百計查她的下落。最近被他查到了，就到她幫傭主人樓下站崗堵到她。L女只好跟他到咖啡廳去談判。趁她上化妝室時，Y男拿她的手機滑來滑去，發現有H君的通話紀錄一大串。

他責問L女：H君是不是妳的老相好？……甚麼粗話都說得出來。L女一再地否認，也無法消除Y男的醋勁，只好當面電H君，要他不要再來電干擾她；「我是有先生的女人！」她像變了個人似的，語氣又急又大，不像平日的輕聲細語。H君始終相信她的真心，當時卻一頭霧水。不久就悟出了女友可能被脅迫，但他也不敢立刻去求證。

過了二天，L女終於見到H君說原委，果然不出所料。L女添了與男友的專線手機，又換了工作，從此二人又可以甜蜜的在一起。

這是朋友H君的真實故事。L女畢竟是女人，對感情的處理充滿著智慧。

（二〇一五年四月）

她

我有一位最知己的朋友——她。

我邂逅她雖然早在幾年前，然而，我倆進入戀愛卻發生在去年，感情直線上升；如今，更是如影隨形，寸步不離，大有「相見恨晚」之慨！

她的心中充滿真善美，她好像是真善美的化身；使我已乾涸的心田，又長出嫩綠的幼苗——如在沙漠中找尋到了綠洲似的，令我欣喜若狂。

她啟迪我的人生，使我了解人生的真諦；使我感到人生是燦爛輝煌的，對人生有新的期望。

當我心情煩悶時，我把她拿來當消遣休閒，煩悶變得像煙消雲散似的拋到九霄雲外去了。當我悲傷憂鬱時，她安慰我的心靈；消極頹喪時，她鼓勵我收拾痛苦的呻吟，獻出赤誠的心。當我在十字路口徬徨時，她指引我應走的途徑。

甚至，當我心情舒暢時，她更會引導我進入優美的境域，使我體會人生無數的真善美；每每使我樂而忘返。

諸位：也許你們不大相信，然而她確實有這麼大的魔力！那麼，她究竟是誰？是誰！她就是所謂八大藝術中居首席的——文學！

（一九六三年七月十九日臺中《民聲日報》副刊，筆名：歸帆；高一）

可以不如學生？

三十多年前，我在當時的臺北師專，教了一年國文的學生L君，如今已成為小有名氣的作家。他並不是語文組的學生，他選的是美勞組。為什麼他的文筆這麼好，對寫作這般有興趣呢？我所知道的原因是：他有一顆善感的心，對生活上的小事物都能有所感動；出身農家，對社會底層的生活與願望，非常了解，往往能接觸一般人所不能接觸到的生活面向。他又宅心仁厚，孝敬親長，對待周圍的人與事，永遠有興趣並賦予無私的愛心。

例如：在他擔任北臺灣都市小學老師十多年，考上主任和娶妻生子，事業安穩且小有成就時，毅然決然請調回雲林偏僻的鄉間小學任教，為的是要孝順七八十年邁的雙親、協助老父耕作那一大片農田；這讓諸多親友掉了滿地的鏡片。而孝養母親多年後，母親才撒手，讓他今生少些遺憾。如今他念母事父，能承歡老父膝前，心慰滿滿。更難得的是，他這些生活感受、體驗、了悟的點點滴滴，都能化為文字，感動讀者，啟迪後進。先後已出版散文、雜文集五種，近二三百篇的好文字，由不得作為老師的我不加敬佩！

由於敬佩他對寫作的堅持，所以三四十年來，他可說每寫一篇文章就會寄來給我看看，我懷著歡喜心，替他潤飾、修改、調整字句；樂此而不疲。我常對學生們說：師生是一輩子的，只要用得著老師，老師二十四小時服務；我會認為你看得起老師，是無上的光榮。

就這樣，受到作家學生無形的鼓勵，我也立志要重拾禿筆，繼續初中二年級之後動筆二十多年，出過幾本書、數百篇文章的筆耕歲月。畢竟身為文學博士的老師，在寫作之路上，可以不如學生，尤其是非科班出身的學生L君嗎？我現在的筆名用「文復生」——恢復寫作的人，就是這樣來的。也希望有志者一起來寫作。

（二〇一五年五月號《清流》雜誌）

「隨風而逝」的劇名

美國女小說家Margaret Mitchell（密契爾，一九〇〇～一九四九），描寫南北戰爭的著名小說《Gone Withthe Wind》（改編為電影，即是著名的《亂世佳人》），早期有人譯為『隨風而逝』，現在坊間偶而還可以買到。但是，因為有下段所述的毛病，後來，識者改譯為『飄』；終於成為定名，沿用至今。這在翻譯學上是一件典型的範例。

『隨風而逝』一名，不僅用字多，顯得累贅，而且最大的缺點是太明白，沒有餘味。翻譯，除林琴南（紓）的信、雅、達三原則外，最上乘的條件，乃在一個「韻」字。有韻味，才能提升到文學修辭的高層次要求。

「飄」字，言簡意賅，韻味十足。字从風旁，自然是「隨風而」飄。但，飄向那兒？結果如何？等等，均有後續，留待讀者去探索；有多種的可能，給人思考的空間。隨風而逝，一個「逝」字，就定死了它的命運，含義又過於感傷。

總之，用「飄」字具有文學修辭上的價值，意義深刻而韻味豐足。在那個品味日趨低落、現實勢利、目光如豆的文化社會中，實有其作用在。

在蒼茫的暮色裏

——林海音先生談何凡句

八十年六月，筆者出版『文章寫作與教學』（富春版），寄給林海音先生指教。次月十七日，林先生來信，滿滿三大頁。其中，她以很大的篇幅藉其夫壻何凡先生（本名夏承楹）的句子，討論句型的改變，會造成句義的不同，反覆說明，再三致意。雖然先生已然作古，但是她所留下的風範，卻永遠令人懷念。

林先生的信非常珍貴，現將與主題相關的信文迻錄於下：

政華先生：

謝謝您每次有大作都寄贈給我，對我來說，也頗獲益呢！……當細細拜讀。……

翻看第一七七頁，談到句子的意義上，舉例「我不了解這個情況」和「這個情況我不了解」之間是有所差別的。這使我想起外子寫過一篇文章，裡面提他年事已高的心情說：

「在蒼茫的暮色裏加緊腳步趕路」

……今年講義雜誌的「講義人物」寫我，發了幾個問題。其中有一項我就舉外子這句話做例，沒想到刊出後，被改成：

「在暮色蒼茫中要加緊腳步趕路」

和原來的略有不同，當然讀者看了也沒甚麼，仍然是形容老頭子的心情；但正如您在書中舉例的那兩句，這是不是也意義有些不同呢？……（外子是以「暮色」指自己，「蒼茫」形容老年的髮白等等。但是「暮色蒼茫」呢？是不是不同了？）……

祝　教安

林海音

八十、七、十七

（按：本文曾投稿聯合報副刊）

卷二、家・鄉・國

全卷明顯地表現書名「在地心」的主題。這是筆者五十歲覺醒，立志下半輩子要全心力奉獻給自己的國家母土，將近二十年間所作的相關文字。

遠由諾貝爾及諾貝爾獎得主中，舉例證明愛國家母土是舉世所遵，天經地義的事；不像若干人奉敵為友，認同錯亂。卷中篇篇都在訴求本土情、在地心，不論是純散文的「茶水供應站」、「機車行變7-11」等；或評論臺灣文學著作，如：「詩人為何憂鬱？——李敏勇新散文集述介」、「不是臺灣人也不是中國人——『陳夫人』的勁爆啟示」等等；乃至主張臺灣「機艦改名」、「設立國貨館可行」，所隱喻的，都在呼籲國人要愛己救己。即使像：「我怎麼『思』也『想』不『起』——評東方白的〈思想起〉隨筆」一文，其實是在批斥文化霸道，從而要國人自覺，勿再被隱藏的惡人所傷。

其中，筆者要特別強調的三篇文字，是：「尋找使命感」、「為臺灣文學的未來——籲請　總統宣示本土化為國策」、「課綱關鍵用詞平議」。首篇是當年筆者尋找使命感，「流浪到淡水」主持真大臺文系、栽培臺文種子的經驗談。更重要的是撰文籲請層峰列本土化為國策；惜未果，導致七八年來臺灣之苦痛與退轉。而課綱之調整適當與否，更是今後臺灣教育、社會乃至國家發展的主因之一。

諾貝爾也重視本土

瑞典前諾貝爾基金會理事長亨利．舒克教授的『阿佛烈．諾貝爾小傳』中，記述諾貝爾在九歲就離開故鄉祖國，中年飄蕩，大部分的時間是在火車、船艙或旅館房間度過的；所以，他對自己「沒有故鄉」一事耿耿於懷，覺得不幸。

也因此，他「心底對祖國永遠懷著強烈的愛」，「他心裡很清楚，沒有故鄉對作家是一種缺憾。」所以，他立遺囑設立舉世崇隆的文學獎。雖然說是「頒給去年對人類最有貢獻的人」，但，作品能否表現作家的本土性，也應該是他的初衷之一吧。

歷來，所頒授諾貝爾文學獎的作品，也多半充滿其本土故鄉的文學特質（如：下篇談普魯東），很合乎諾貝爾先生指定設獎的初衷。臺灣的作家，如想獲得這世界最高的文學殊榮，創作具有臺灣本土特殊性的內容作品，是最需要考量的一點，無疑。

（二〇〇三年二月九日）

第一位諾貝爾文學獎得主：徐利・普魯東的本土思想

筆者在《推理》雜誌中，曾撰寫〈諾貝爾也重視本土〉一文。文中，曾說：

「歷來，所頒授諾貝爾文學獎的作品，也多半充滿其本土故鄉的文學特質。」

這不是一句空話，諾貝爾文學獎自二十世紀，一九〇一年頒發以來，已有近百位得主；他們重視家國本土，表現獨一無二的鄉土特殊性，因而受到青睞，獲得殊榮。所以，在上篇之末，筆者又說：

「創作具有臺灣本土特殊性的內容作品，是最需要考量的一點，無疑。」

諾貝爾文學獎第一屆得主，是法國的詩人R.S.Prudhomme（徐利・普魯東，一八三九～一九〇七年）。他的主要得獎作品是：『心靈日記』和『詩節與詩篇』。就在一八六二年十月五日的日記中，他開頭就記述道：

「對我來說，全家人共同享受早餐是天下一大樂事。在這個和樂的場合中，即可找到生命和生活。」

講的雖然只是表面上的溫馨家庭氣氛，但，如果不在自己的家國，能有這種生活與生命嗎？

在『詩節與詩篇』中，普魯東說得更清楚，他說：

「真正的樂園就好像人類的祖國
父親擁抱著我　迎接著我
我會在那裏找到自己和樂土
…………
這就是我的樂園
即使不是最美　卻適合人們」

（〈我的天空〉詩）

詩寫的是人死後進入天堂，但普魯東卻以「祖國」故土來比擬描繪，可見他也是一位重視家國思想的文學家！

茶水供應站

順著臺中市到霧峰省議會的路上，你可以看到許多的「茶水供應站」，羅列在柏油路的兩旁。前些日子，這條路旁的尤加利樹被盜伐得淨盡了；現在，炎夏來臨，炙熱的柏油路面可以黏住行人的鞋底，步步難行。當你看到路旁半個人高的木几上，擱放著的一支支茶壺，心頭就先感到一陣清涼。

記得前年夏日某一天，我趕著北上註冊，氣候似乎特別的毒熱；在那繁華的大城市，人地兩疏的我幾乎迷了路。心裡一急，口渴舌乾了起來，以致錯走了幾段路；真想在路旁喝杯茶水，但都令人失望，也看不到一家冷飲店。

小時候，老師曾說過這樣的故事：有一對老夫婦，住在半山腰的一間小茅屋裡，屋前是一條陡峭難爬的山路；即使是在寒冬，也會令人口渴氣喘。因此，老夫婦每天煮了兩大壺茶水：一壺放在山路的右側，壺裡放了些洗淨了的粗米糠。另一壺，則放在路的另一面，純是白開水，給下山的人解渴用。

有人問他倆為什麼那樣做？老人說是上山的人氣喘口渴，不宜咕嚕咕嚕大灌茶水，所以，他在茶壺裡放些緩和物；而在下山時，就沒有這個顧慮了。

在人情味王國——臺灣，類似這樣的故事一定很多；他們不只免費供應行人茶水，更注意飲者的安全衛生，真是難能可貴！德國詩人勃朗克說：

「從一粒細沙觀看大千世界，從一朵野花想見天堂。」

同樣的，我們也從茶水供應這件事，感受到人情的溫厚與臺灣民眾的生活智慧！

（一九六七年八月九日新生報副刊；大三）

懺向濁水溪

臺灣第一大河叫甚麼？濁水溪。近年，我們才真正「發現」了她。「登高壯觀天地間」，她從海拔三千二百公尺的奇萊、合歡山之間醞釀，流經南投、彰化和雲林三縣多少鄉鎮村鄰里。但，我們對不起她，要向她懺悔求贖……

請看西螺段的濁水溪，淨清無比，米質冠於全國；卻被稱為「濁水米」，乍聽之下，似有不淨之嫌。（有人解釋水濁才肥沃）這是「中」、日二國政府都要檢討、懺悔的：全世界沒有一條大河的水源是髒的；濁水溪也不例外。她發源後，清清的水從中央山脈南流，在廬山、霧社和萬大等風景區，何嘗渾濁了呢？

直到了會合沙、石的故鄉之一的丹大溪後，才開始「我泥中有你，你泥中有我」：皮岩被沖蝕了，滾滾濁水西流去。據臺的日本人懶於取個好名，竟叫她「濁水溪」！接受盟軍託管變佔領臺灣的「中國」蔣家世襲政權，也患了同樣的無知病！從來沒給她個好名字；這是我們第一個懺悔。

懺悔之餘的行動，就是改名！例如：叫做「臺灣第一河」、「臺灣長河」或「臺灣大河」等等；正如「市民大道」、「凱達格蘭大道」的命取，又有何不可？

我們更要向她懺悔的，是：從南投人和、地利到臺流坪等地，沿途百分之九十以上的沃土，不種稻麥，卻種著讓人「噴血」的檳榔樹！一寸也不放過，陡峭的山坡更不放過！「臺灣長河」變成

「檳榔長河」了！檳榔危及山坡地、坡地上的人家。土石流、走山，教訓不了短視、勢利的少數臺灣人！我們該向濁水溪懺悔！

綿延數十百公里的泥沙，一向被視為「黑金」，是建築的上材。臺人用怪手一卡車一卡車的載走，日以繼夜；以致濁水滔滔，河床滿目瘡痍，橋墩裸露；卻餵以垃圾，回填。荒涼不雅事小，危急道路、橋樑的安全，則事大。這是我們第三個懺悔。

但是，光是懺悔有濟於事嗎？……

（一九九八年十月十五日，刊《淡水牛津文藝》第一期。二〇〇〇年六月，交臺北市舞陽美術出版社，施並錫『細水長流』畫集轉載，作：〈懺向濁水溪——序施並錫『細水長流』畫集〉）

行經雲嘉南

在臺灣，由北向南部出發，經常由陰霾、灰濛、多山和視野小，逐漸感受到柳暗花明的多重變化。尤其到了彰化、雲林以後，稻田處處，一望無際；眼前突覺一亮，心情更是爽快！

一般人都喜歡無邊無際的青色田野；徐志摩說：「數大便是美」，我也曾經以「青野千里」來做筆名。

年輕族的生理逐漸長成，心理逐漸成熟，開始學會欣賞長、寬、高、遠的壯美境界；以後能見賢思齊，使自己的生活，乃至家庭、社會環境、生活，都建構出合乎理想的境界。

可不能輕易放過大自然給予我們的啟示！

（一九九四年十一月二十二日，國語日報）

詩〈車過雲嘉南〉

好像坐在搖籃上，

大了又小，小了又大的車窗，
窗外的雲嘉南平原很寬濶，
有那熟悉的農舍，
一片又一片青綠的稻子，

農夫親切的微笑叫人著迷。
我願做個農夫　和他們一起歡笑
別的什麼都不要。

文學必須植根於土地

——以兒童少年文學為例

文學來自土地，土地提供生活，生活精粹地反映在文學上；因此，文學必須植根於本土生活。兒童少年文學是文學的一環，自然也不例外。

一、兒童少年文學的創作，固然有許多源於想像的作用，但是，再神奇的想像，其基礎必定在現實生活之上。而現實生活，必先是本土的、自己國家民族的；先影響著一個人，然後再追求其他，乃至追求國際性、世界化。

尤其是此時此地的臺灣兒童少年文學，更需要重視它的本土性、生活化，趙天儀先生曾說：

「臺灣兒童文學的創作與發展，……必須建立在下例（列）五種精神取向的融會與紮（扎）根的工作上。……一、民主化，二、人本化，三、生活化，四、現代化，五、本土化。其中本土化是精神的主幹。」[1]

[1] 〈臺灣兒童文學的精神取向〉，高雄市，一九八八年冬季號，《文學界》第二十八期。

二、兒童文學創作者生活充實，對孩子生活也有深刻而廣泛的觀察、了解與感受，取材時才能左右逢源，感情豐沛。平時多研究孩子們的生活，和他們打一片，執筆為文時，把他們的生活編織得有聲有色，並且加以趣味化，再作想像的延展，必能為其所好，達到娛樂他們、協助他們身心成長的目的。

如今，把孩子視為「小大人」或小的「大人」的時代，已然過去，而把每個兒童少年視為一元，都要求齊一步伐的觀點，同樣已迷失不合潮流了。十個兒童少年十個樣；也許一個也時常變化，有幾個樣哩。因此，多元了解，才是兒童少年文學的未來出路！[2]而要掌握兒童少年文學的多元了解，正根基於對兒童少年現實生活的差異探討上：兒童、少年有別，男、女有別，城、鄉有別，加上族群不同，以及年齡、興趣、程度的差別，反映在生活中的言行舉止，變得多姿多彩，千奇百變。如何捕捉，加以文學的處理與呈現？將是兒童少年文學創作者心力所聚。

三、現實生活無法自外於本土。所謂本土，或作「本地」、「鄉土」，一般人稱之為「故鄉」、「家鄉」。也就是指自己的國土、國家；不是有句話說：「水鄉澤國」嗎？「鄉」即「國」。它比較完整的定義是：

一個人出生或長期居住的地方，是人們最接近的生活空間，與現實生活有密切關係的自然及社會。它有獨特的、自然生產的、文化的和社會生態的特徵，以及居民所體驗的歷史和心理狀態。個人生活於其中，必有舒適如歸的感覺，也具有深厚的情感，能自我實現，並受其影響。即使因故離

[2] 參考周慶華《兒童文學新論》頁二十三至二十八，第二章多元兒童文學與一元教育，臺北市生活文化公司本。

開，其中的事物對他仍具有特殊的意義，常成為回憶、惦念的對象。[3]

因此，一切文學乃至所有文化的創造，都必須落實本土，先獲得自己社群的認同和愛戴，才有意義。其他族群、地區、國家，所欲吸收、學習的，正在你那特殊的本土性，藉以啟發思想，激引想像，從而創造出自己獨特的東西。各國各地的兒童少年文學，目的在啟迪孩子，幫助孩子，向他們的未來更寬廣的空間前進；如果不重視本土，不發揚本土，則他們會像無根的浮萍，東飄西泊；他們的明天將是黑白而不是彩色的！

四、臺灣的兒童少年文學，早在日據時期，即有不少作品均有本土的特殊風格。其中童謠、各類故事、童話和小說等等，在日人平澤丁東、片岡巖等人，在臺人李獻璋、吳瀛濤等人，所調查、採集、編輯的書冊中，為數甚多。其後，臺人創作、傳唱和編集的本土兒童少年文學作品，更是有增無減；而以歌謠和民間傳說、故事最多。近來，清華大學胡萬川、中正大學陳益源教授等的田野科學採集，證明了臺灣兒童少年文學必須重視本土生活，才有生命力的論點。前年，筆者勉力完成『臺灣兒童少年文學』一書[4]的動機，也在於此。

五、「文學來自土地」[5]，土地是文學的根；有根的兒童少年文學作品，才能展現親和性，對孩子『善』的教育才有著落。[6]中國的張錦江曾有〈談兒童小說的鄉土味〉一文，將本土乃至生活

3 參考並歸納啟發自夏黎明『鄉土概念之初探』中〈鄉土定義之分析〉一文。一九八八年，臺北設計家出版社本。

4 書凡分理論研究篇、體裁賞析篇等三編，並附錄等，計二百餘頁，一九九七年七月，由臺南市世一文化公司出版。

5 參葉石濤『臺灣文學的困境』頁一至十二〈文學來自土地〉。一九九二年七月，高雄市派色文化出版社本。

6 參考杜淑貞『兒童文學新論』頁一〇六、一六五至一九三，一九九四年四月，五南圖書公司出版。

的表現，在整個兒童少年心中所造就的成效，寫得非常精到，現引以為本文的結語：

「本鄉本土的風土人情、風俗、習慣、景色、……等，在小讀者面前展現一幅幅色彩絢麗的風光，把小讀者帶進一個散發著泥土芳香的獨特的天地之中。這樣洋溢著濃郁的鄉土味……，往往讀來親切感人，淳真自然，對於小讀者來說，無疑會增添無窮的情趣和美的藝術魅力。」（註七）[7]

[7] 『兒童文學講稿』，一九八四年，中國遼寧少年兒童出版社本。

康原式的文學抵抗

——臺灣河洛語詩集『八卦山』論析

閱讀七月十二日至十三日的臺灣日報副刊，康原的〈磺溪精神與臺灣文學——獲第六屆磺溪文學獎特別貢獻獎感言〉一文，知道康原兄獲獎的殊榮。而文中引述宋澤萊、林亨泰二位前得主的話，集中在呼籲創作真正能表達國人心中最精微、深刻感情的族語文學（一般稱為「臺語文學」）。此話，不是康原隨便說出口，呼籲別人去做而自己做不到的；康原在二〇〇一年發表的『八卦山』臺語詩集，可作為他此話的理論基礎。

二〇〇一年七月，彰化縣文化局出版了縣籍作家康原的臺灣河洛語詩集『八卦山』。全書凡六十三首詩，分四輯。末三輯五十首詩，都是題目與內容緊扣，彰顯地方特色，對兒童少年的文學培養、地理、生態、民間信仰、歷史事件，以及人文景觀、天災人禍等等，均加描述；風格既鄉土、親切又熱誠動人。尤其是語言使用很具有節奏感；路寒袖的序說它：

「掌握得恰到好處，以致每首詩作都像是一支支動耳的歌謠。」

能得到長於臺灣歌詩創作、賞析的路寒袖的讚賞，是相當不容易的。

但是，第一輯的十三首詩，就不能「望文生義」了；它是別有寄托的，從詩題上無法一目了然或加聯想的。第一輯名為「土地个歌」，「土地」是歸納十三首詩後的主旨所在。這與其他各輯採用輯中的一首詩名當輯名不同。這十三首中的〈海口兄弟〉、〈囝仔兄〉、〈埔鹽菁个歌〉、〈庄腳囝仔〉和〈雞歸王〉五首，暗藏著作者的政治見解；其中〈庄腳囝仔〉一首，更有兩段談及政治（詳下）。

先談〈海口兄弟〉。它旨在說明漁人下海捕魚的辛苦命運；但，詩末卻以這樣的訴求作結束：

「風颱大湧攏愛拼（拚；下文同）／拼加獨立建國才有咱个名／若無永遠是細姨仔命。」

其立場至為清楚；在詩的寫法上，拗轉的痕跡似乎也明顯。

而〈囝仔兄〉一首，寫的是走江湖的好漢，首、二段說他「講氣魄」、「為公理正義來打拼」。但，末段在說江湖好漢「為臺灣前途來打拼」時，勸大家要「親戚朋友相招鬥陣行／厝（茨）邊頭尾做伙喝出聲。」喊出聲做什麼？「臺灣好國名／上欸高尚佮好聽」。國名好聽的背後，指的是它的獨立自主，不受敵國的侵壓！

至於〈埔鹽菁个歌〉，寫彰化埔鹽地區早期的普徧植物；但，很快的提到埔鹽的開發歷史，再轉入下列這樣的詩句：「種恬咱个土地敖力（案：上下合為一字）爆青／種人（入）咱个心頭萬萬年」。未提「臺灣」二字，但說「咱个土地」，也一樣可以明白它的用心了。

上文提及〈庄脚囝仔〉一詩，有兩段表現他的政治見解。詩分四段，前二段寫小時候在鄉下的生活，已說到對布袋戲中「奸臣仔攏觳死」的不滿。接著引出下面一段：「大漢時／看電視有人提起／獨立加統一；彼隻粗目眉的／憨大呆　惡霸擱佻孋／横柴入灶；／聲聲句句話／統一」。在當年郝柏村掌行政院的時期，康原的這首詩可以直接臺灣新文學抗議內容的舊傳統。末段更明白地揭示他的「政治信仰」說：

「實在講庄腳人攏知影／臺灣早就獨立四十年／妖魔鬼怪為著利益權力；變把戲／硬欲加美麗島送乎中國去／咱應該做夥打拼將即／吳三桂擯乎伊死」

到了多年後的今天，這種危機仍然存在，康原詩仍昭示著國人！最後一首〈雞歸王〉，全首竟然是一首字字都是滿含「政治細胞」的詩：

「雞歸王愛膨風／拄著人伊攏大聲講／大陸來个媽祖婆／聽著臺灣獨立心肝就觳爽／即款人，尚欱憨／膨風王大聲講／刣豬（按：指朱懷德）拔毛（毛澤東）擱（再、又）反攻／三年準備四年成功／最近猶擱拼命講／三民主義大一統」

批判當年的兩蔣政權是說謊大王。如何對付他呢？「阮尚愛甲伊硈破大雞歸」！

綜觀上述五首「政治詩」的寫作技巧，有一共同特色，就是：拐彎抹角暢談他的政治理念。這和一般臺灣閩南語詩人表現其政治主張時，在詩題上明示，或在內文中暗示的，恰恰相反；真可以說構成了「康原式」的特殊表現手法。

詩人為何憂鬱？

——李敏勇新散文集述介

二〇〇四年七月十日發表的『詩人的憂鬱』散文集（玉山社），是詩人李敏勇從二〇〇一年末到今年年初，所寫的六十四篇隨筆散文。每篇之中，均引述有他自己或世界詩人的作品。這些隨筆散文的共同寫法，是從詩文學的觀點來探求臺灣的身世，或描繪新國家願景，一而再，再而三，精誠之至；因此，這本散文集有一個美麗而動人的副題——寫給臺灣的情書。由此，吾人也可見作者對臺灣關切之深了。

臺灣的身世是如何的滄桑？作者用文題就可以給你答案：〈我們有真正的國家嗎？〉、〈盤桓的幽靈在島嶼上方〉、〈這鬼影子〉、〈我想到腐爛的供果〉、……。既然臺灣人都知道，都感受過，筆者也不必再揭瘡疤贅述了。還是看詩人所刻畫的未來願景吧：

「登記上去／我是阿拉伯人／我是檔案裡沒有的名字／在一個每樣事都得忍耐的國家／生活於忿怒的漩渦／……」（四十一頁）

認同是今天臺灣最大的問題；詩人以巴勒斯坦詩人達衛許的詩〈身分證〉，來表達他對身分認同的堅持。但，臺灣的政治現實卻不是如此，仍有四分之一左右的人不認同自己的土地；詩人只得藉翻譯黎巴嫩詩人艾杜尼斯的作品時，寫下如下的詩句：

「我譯讀你的詩
想像我們的島嶼被海擁抱
卻像被沙漠窒息」

（〈你有你的，我有我的憧憬〉）

像被沙漠窒息的臺灣國運，詩人又不死心地咏嘆道：

「福爾摩莎依然在海的懷抱裡
釀造夢想
地平線上
她的子民共同呼喚
臺灣的名字」

（〈跨越世紀之橋的禱詞〉）

二〇〇一年五月間有三週，詩人到美、加旅行演講：「一個臺灣詩人的心靈之旅與時代見證」。次年六月，他又到英國、北歐，七月到巴西，八月在日本。他像個旅人，為世界上的愛臺人士演講，辛苦備嚐，但也留下了十五篇擲地有聲的文章，佔這本集子四分之一左右的篇幅。

在美國華府的演講主題是：「臺灣：新興民主國家」，詩人說：

「新興民主國家」是我們對自己島嶼的追尋，……但是……橫越在我們國家的『中華民國』和『中華人民共和國』體制，在我們內部或在我們外部侵蝕著我們的追尋。」（一〇〇頁）

但，詩人並不氣餒，他要我們以自己的國家視野、以民主制度，學習近代歐洲的努力，說道：

「向左或向右
臺灣應該有自己的政治光譜
在太平洋西南之濱
應該描繪更美麗的國家形象」（一一〇頁）

歸納書中詩人對臺灣未來的遠景，他希望的是：「以文化視野展望新國家」，撰文說道：

「我們需要更新、更善、更美、更真的文化視野，以建構自己的國家。這樣的視野不完全是政治權力重新分配的視野，也不完全是經濟利益考量的視野。……我們必須以新的文化視野展望自己的新國家，……不斷向世界發聲。」（一二四頁）

散文集的最後兩篇，回到當時的二〇〇四年，談到政黨再度輪替之初的動盪，有人問：「二〇〇四年總統大選會如何呢？」詩人答以三句詩：

「咬著一片樹葉
斑鳩銜破紅旗幟
飛向天」。（二〇四頁）

而面對三一九至五二〇凱達格蘭大道上的亂象，詩人〈在飄零的風雨中，期待陽光探視〉一文中，說：

「這塊土地上尋求自我重建的人們——隱忍著情緒看飄零的權力惡靈，……期待陽光快快驅走惡靈，用溫暖的手探視我們的島嶼，慰撫我們的心。」（二〇七頁）

這就是臺灣文化評論者李敏勇，長年關注的主題；作為一位詩人，他比別人多一份憂鬱；憂鬱源自對臺灣土地最深刻的愛。當有若干人不認同時，他的心是悲痛的，憂鬱也更深了；此情綿綿無絕期。

序方耀乾『臺窩灣擺擺』

『臺窩灣擺擺』是一本什麼樣的書？書名是什麼意思？都引起讀者的好奇。作者方耀乾教授，出身文化大學西洋文學研究所，取詩集名字就是這麼有學問！

認識方老師是在一九九七年的二月，參加第一屆鹿耳門臺語文學營時。記得結業那天，搭他的便車到臺南轉車；這一段路，正是我們兩人的友誼之路。

之後，他在課餘大量寫作臺灣閩南語詩，也教人學閩南語，成績斐然，遠在臺北都時常聽到他翹起的聲名。我則忙於系務工作。兩年多，他就出了三本詩集：『阮阿母是太空人』、『予牽手有情話』，和這本『臺窩灣擺擺』；他的認真與成果，不能不令人深加肯定。

書名取自平埔族語，指的是「臺南──被殖民的少女」，或「臺灣消失」。為什麼？方老師疼惜他的家鄉臺南，以至整個臺灣，所以說：「透過書寫鄉土和人民來認識自己，來與自己的內心對話，來強化曾被陌生化的鄉土情感，進而吸納鄉土奶水，哺育我那蒼白無根的文學體質。」因此，全書九輯一○二首，每一首幾乎都關切著臺灣本土，用盡各種詩的表現方法。

吾人只看各輯的名稱，即可證知：「故鄉的滋味」、「福爾摩莎短歌」等，固然是；「歷史的迴廊」說臺南，就在說臺灣；「斑芝花」說臺灣的花草。即使寫〈兵馬俑過臺灣〉、〈屈原過臺灣〉等詩，也都是以本土為觀點，為主體。方老師是西洋文學碩士，有西方文學的紮實訓練，所以，詩中有許多西洋文學創作的優點，如：「詩情畫意」和「福爾摩莎頌歌」二輯的作品；但他不「媚外」，他心心念念只有臺灣！

此書貼心的地方還有很多，例如：詩後的附記與附註、臺華文的對譯、附錄五六篇對其人其詩的了解等等，均是為讀者而設計的，也都符合現代詩學術的價值。

（二〇〇一年三月十一日，於真理大學臺灣文學系）

『臺灣現代文選』九仞一簣

著作：臺灣現代文選
編輯：向陽、林黛嫚、蕭蕭
出版：三民書局，二〇〇四年五月

今年五月，由向陽、林黛嫚和蕭蕭分別選編、評析新詩、小說、散文三種文類的「臺灣現代文選」出版了。平面媒體即有三四家加以推介報導；它的編選水準，比近年其他同類選本有些進步。

本書所謂「現代」，指的是一九四九年以來的年代。它是以「鄉土派」和「現代派」（或稱「現實主義」和「現代主義」（超現實主義））共構的現代臺灣文學的「優異代表性」作品，為選取的對象。（見蕭蕭「導言」，第二頁）因此，在散文方面，選了琦君的「紅紗燈」，以至廖鴻基的「奶油鼻子——瓶鼻海豚」等十六篇；新詩，則選周夢蝶「孤峰頂上」、瓦歷斯・諾幹「在想像的部落」等二十首；小說，選白先勇的「永遠的尹雪豔」、黃春明「兒子的大玩偶」等八篇。認為這些就是大漢派和大和派「呈現多角度、多方位、多象限的交疊又交疊的現象」（「導言」第三頁）。

但，臺灣文學，除了受日本和中國的影響以外，其實還受到西洋（美、英、德、法、俄等國）的影響；更有由臺灣土地中自然孕育出來，如：臺灣話文學——即今所說的閩南語文學、客語文學。而『臺灣現代文選』中，對閩南語文學、西洋文學、……等不同脈絡影響下的作品，卻極少選取。尤以解嚴後臺灣主流的本土文學作品（包含閩南語、客家語、先住民文學），選錄太少，不成比例。

故在散文類中，一般論者均認為的臺灣重要散文家，如：洪炎秋（筆者姑名其為「談話文學家」，有『閒人閒話』、『廢人廢話』、『常人常談』等八部散文集）、王昶雄、黃勁連、田雅各、瓦歷斯．諾幹、……等的作品，均未獲青睞。而書中所選散文，是否都有「優異代表性」？見仁見智。

而新詩方面，臺灣閩南語詩、臺灣客語詩，也隻首未選。即以戰後臺灣新詩壇上重要詩家作品而論，如：楊熾昌（水蔭萍，有詩集『燃燒的臉頰』、『紙魚』等）、巫永福、詹冰、陳千武、曹開、杜潘芳格、莊柏林、林宗源、李魁賢、岩上、沙卡•布拉揚、曾貴海、鄭炯明、……等等詩人，均有臺灣現代詩的代表作，它們與一手寫華語詩、一手寫臺語詩的主編向陽，所選的一二十首作品相較，毫不遜色！

在小說類中，所選僅八篇，要具「代表性」，且要令人完全滿意，本不容易。它雖然選有黃春明的〈兒子的大玩偶〉，但臺灣更重要的作家作品，如：吳濁流、楊逵、張文環、龍瑛宗、李榮春、鍾理和、鍾肇政、葉石濤、鄭清文、李喬、王禎和、楊青矗（工人小說）、王拓（漁村小說）、洪醒夫、……等等，那一位的作品不如袁×生、張×疆的？竟無一人一篇入選！

任何文學選集，都有編選者主觀的取捨，以中國為例，自『昭明文選』以迄『唐詩三百首』，各有其標準。但，一般相對客觀的標準，也應重視，如：全面性、主流性及特殊性間的平衡照顧，不宜偏廢。至於明顯的只選自己喜歡，或與編選者同派別的、……等等作法，更是要懸為厲禁。

再說「戲劇」類、報導文學作品的忽略，也是本文選需要面對的。為山九仞，更覆一簣，必可達於巔峰；請編者再版時，多加斟酌。

（二〇〇四年六月。本文曾投稿《文訊》）

「認識臺灣，從本土教育著手」

——座談會講話

關於教改的部分，我首先要說的是：「國民義務教育」的名稱必須有所改變，因為「義務」二字有強迫性，這在今天民主時代中是非常不恰當的；而且數十年來臺灣的教育工程，多半建立在填鴨式、升學掛帥式的不當基礎上，實在無法強迫國民必須「義務」的接受教育體制及內容。……「國民義務教育」的名稱應該改為「國民權利教育」，國民有接受或不接受的權利。

另外，為調配國家的教育資源，入學方式可以改為申請制，從幼稚園到高中（職），均在入學前二至三年申請；否則，就採取上森林小學或在家就讀的方式進行。而在就業、就學等方面的執行，可以以公平、公開、公正的方法，讓國民參加甄選。

針對「國民權利教育」的內容，一、要本土化：就是從幼稚園到高中（職）的教育內涵，全面以本土、認識臺灣、了解國家為主要方向。一定要摒棄大中國的迷思；視中國為另一個國家，以平等的地位看待中國、日本、英國等世界各國，加以探討與瞭解，建立地球村的世界觀。二、要側重生活性：因為長久以來，臺灣各級學校均太過重視智育，教學進度太超前、內容太艱深，導致在學習上低成就的人很多，挫折感普遍存在；眾多的中輟生造成國家、社會的隱憂，甚至是亂源。……

因此，今後應該以生活教育為各級學校施教內容的重點；與生活、安身立命有關的觀念、知識、方法、經驗與智慧等等，已經足夠充實我們「國民權利教育」的內容了。……

教育改革必須全面性，全民一起動起來。除了上述本土化、生活性之外，在家庭教育中，要著重「情」的培養與分享，建立倫理觀念與親子的感情分享。在學校教育上，要著重「法」、「理」的教育與實習：小學教育是從「情」到「理」的認識與實踐；中學教育是從「理」到「法」的認識與實踐。而大學教育則重視法律教育、民主素養的建立、推廣。在社會教育中，則要同時著重「法」、「理」、「情」三方的統整教育；這是一種終身教育，讓人人都隨時在教育的過程中反省學習。

（二〇〇〇年三月二十三日《民眾日報》，「認識臺灣，從本土教育著手——將義務教育改為權利教育，摒棄幼稚園的大學生」座談會講話）

我怎麼「思」也「想」不「起」
——評東方白的〈思想起〉隨筆

從二〇〇〇年七月《臺灣文學評論》創刊起，每期都拜讀東方白林鎮山的〈思想起〉隨筆專欄。總有一些不同的看法，一直想寫出就教大家，又恐不合今日尊重「多元思考」的潮流。但，看了最近第十四回（四卷四期）之後，再也按捺不住了。例如：頁二五五「皇帝與乞丐」條說：

「空擁三十六宮七十二院宮女的皇帝，反不如實抱一個女人的乞丐來得快樂。」

林先生此則看似對比巧妙，但不知主旨何在？是「實抱女人之樂」？今天，已無擁三十六宮的皇帝了！而乞丐最想追求的，應該是「食」，不是「色」！此則在立意、時代、舉例上，均值得商榷。

又以「時代」為例，同一頁另有一則「不必多」說：

「弱水三千，一個人也只能取一瓢飲，何必多？」

「弱水三千，吾只取一瓢飲」的典故，一般人都知道，是老掉牙了，何必在二十一世紀還勞林先生「抄襲」？

此外，有若干更為嚴重的，茲分類簡述於後：

一、反教育

第四篇（二卷二期）「不殺來使」條，說：

「『不殺來使』……有其條件——……當他帶來壞消息，當然該殺，殺以洩恨啊。」

這是什麼話？這話，世上誰願從事外交工作？

第九篇（三卷三期）「謊」條說：

「明知謊言，仍然樂聞。因此，為了令對方心境和平寧可說謊也不必說實。」

有底子的人尚可讀出林先生是在「正話反說」，有諷刺的深心在；但是，對不明就裏的初學者，就成了反教育了！

二、以偏概全

第五篇（二卷三期）「不送」條說：

「……千萬別把文章於發表之前送去給多事者看——不是過高就是過矮，不是太肥就是太瘦……」

筆者唸研究所時的指導教授屈萬里院士，生前每成一文，多先送李濟、陳槃等等先生指教；對方有所指教，必於文末附筆致謝。世上有許多不是「多事者」；林先生不可一竿子打翻一條船，對世人如此的悲觀！

第九篇（三卷三期）「完美」一則說：

「『天才早夭』與『紅顏薄命』乃『完美』之方——免見老人癡呆與美人遲暮之悲，何曾沒得好處？」

請問林先生：天才一定個個老年癡呆？紅顏一定個個遲暮嗎？別再以偏概全了！

三、看法太極端

第一篇（一卷一期）「最大貢獻」條，說：

「二十一世紀每人對人類的最大貢獻應該是——不要再製造『人』！」

林先生當是有感於世界人口太多而發此言；但，如真的人人都不生下一代，則百年左右，全人類都要死光了，這應該不是「貢獻」吧！

又：同一篇的「兩主人」一則，說：

「……終極我們一生，無時無刻都在服侍兩位主人——『食慾』與『性慾』。」

按實情，最多林先生只能說人類「無時無刻」在服侍「食慾」，但不可說「色慾」。同類的「全盤」式極端言論，尚有第四篇（二卷二期）的「恥笑」一則，說：

「人把性交看成骯髒下流，可是偏偏人人天天都在性交。……」

有嗎？「人人」、「天天」都在性交？人類嗜「慾」到這步田地嗎？別再誇口了！

而第九篇（三卷三期）「富家之不幸」條也說：

「如果全世界找不到一個比你家更舒服的旅館，那麼你旅行還有何快樂可言？」

實際上，這是主觀問題，有人會找到；有人不會，認為自己家最舒服。但旅行之樂百百種，不只在求進住舒服的旅館而已。而這，又與題目「富家之不幸」有關嗎？富家們旅行、住旅館的心情也因人而異啊！

又如：第七篇（三卷一期）「自戀」條，說：

「人類才有鏡子，其他動物都沒有。可見世界只有人這種珍禽異獸才有自戀狂！」

雖然林先生在凸顯人類的自戀，但，證據不周，一則人類發明、使用鏡子不在為自戀，二則其他動物也有機會照鏡子自戀啊。

又：第八篇（三卷二期）的「寄信」條說：

「寄信時，若沒懷著別人回信的希望，誰還有興趣寄信？」

林先生：別這麼現實、功利；天下就是有不少知其不可而為的人，只問耕耘，不問收穫！才值得世人尊崇。

第十二篇（四卷二期）「黃金時代」條，更說：

「二十一世紀除了科學，其他如文學與音樂幾乎交了白卷。」

好大的口氣，可以一口否定二十世紀一百年多少文學家、音樂家的努力嗎？林先生：您在文學上有得過諾貝爾獎？在音樂上又曾有何曲作？演奏過幾場次的音樂會？我們怎麼都不知道。

四、將人物化

第一篇（一卷一期）「遺書」條，說：

「想知道你的親人對你的觀感嗎？去看看他在遺書裏留給你多少財產便可了然！」

以遺書定觀感？「文人」的林先生信仰的是「唯物」主義？否定了一切人心、人性的可能。要諷刺世上將死之人物化人間，也不必採用這種修辭法啊！

五、重複

第七篇（三卷一期）「酒杯」條（頁二〇六至二〇七），和第八篇（三卷二期。頁二五三）重複；內容只有一句：

「很少人能做到——乾杯後不再望一望透明的杯子。」

這一條觀察人情有點心得，但在「思想」上並無多大意義；題目「酒杯」，也不是本條的主題。

尾語——不喜他人批評

林先生其實是「雙面人」，即以贊成評論文學與否而言，他是矛盾的，例如：第五篇（二卷三期）「文人相輕」條，說：

「文人相輕未必是壞事，因為如此，才可能百花爭放，各放異彩。」

但到了第九篇（三卷三期），卻叫人家「勿做反對者」，說：

「反對總是消極的，最大功效只有零，說不定還是進化的罪臣，遺臭萬年。……」

第十二篇（四卷二期）「攻擊」條更說：

「攻擊最差不勝；
守衛最多不敗。
因此，應活攻，不應死守。
學術亦應如此——多創作，少批評。」

平允之論，應該是會創作的人多創作，中肯批評的人多批評，各行其道，各盡其能。
林先生越是近來越不喜人家批評，故本文也止於此了。統請他和宇內方家指教。

（本文曾投稿《臺灣文學評論》）

欠宗源先一個獎

西元二千年諾貝爾文學獎得主、法國小說家高行健，十月三日來臺，在宜蘭演說時指出：當代作家應該尋找當代活的語言，才能真正活化作品。八日，在臺中與臺灣作家座談時，他更說：

「我發現臺灣寫鄉土的作家很有潛力，而且已經很有成就。……我認為應該用『活的語言』寫作，包括閩南話、客家話。……用閩南話或客家話，未必不能寫出偉大的作品。」

（十月九日《臺灣日報》副刊，江敏甄等紀錄）

除了末句在語氣上令人有些不舒服之外，他的說法可取，印證筆者一直勉勵、強調的：「未來臺灣作家著作要得諾貝爾獎，料想一定是本土族語文學作品。」畢竟用自己的族語創作，不必用其他語言轉換——如同翻譯，最能把自己最深刻、細膩的內在，表達無遺。

早在一九五五年九月五日，林宗源就用他的族、母語——臺灣閩南語，創作他的處女詩：「我有一个夢」了。至今五六十年，宗源先不寫其他文體，也不轉換文學語言，只寫「臺灣閩南語詩」！他的重視本土詩文學，也間接促成了一九六四年「笠詩社」的成立；他的第一部詩集『力的建築』，就是由「笠詩刊社」印行的。

至今，他已創作了三十多部臺灣閩南語詩集；報章雜誌上，經常可見其新作。他的詩，質、量俱佳，臺外文壇久所肯定，他無疑是「臺灣閩南語詩之父」，臺灣、臺灣文學界理當頒給他一座獎！

筆者多年前承乏淡水工商管理學院臺灣文學系，負責系務不久，即有頒致「臺灣文學家牛津獎」給他的構想；但，前二年的得主人選：葉石濤、鍾肇政，都是前系主任已決定好的；後來的王昶雄先生，則限於該獎項係頒給健在的作家為考量，因此，身體較差者優先考量。宗源先曾是田徑選手，身體一直保持最佳狀態。

在二〇〇〇年十月，在系務會議中提出次年頒給宗源先。當時，彭老師表示反對。後來得知彭老師反對族語寫作，曾與宗源先有過筆戰。筆者在二〇〇一年八月，三年任滿離校；在七月下旬，還特別回請同人，希望明年度投票支持給獎宗源先。

豈料陳代主任善於「旋乾轉坤」，不重視族語，不久更刪除族語課程。據悉在十月初，討論次年頒牛津獎得主的系務會議上，竟技術性的忘記討論。嗣經杜老師提醒，而在二十二日的臨時會，昔日三年的「戰友」們竟只有杜老師給一票；筆者千辛萬苦引薦來校的彭老師、向×老師，全應驗了「身在情在」的宿命。筆者真要為宗源先叫一聲冤！

（二〇〇一年）

尋找使命感

最近淡水工商管理學院的葉能哲校長，要筆者八月去擔任臺灣文學系的老師兼系主任，為好不容易才報准成立的臺灣第一個臺文系，多教導、照顧學生；為臺灣這塊我們生活的土地，以及土地上的人民，多奉獻心力。筆者欣然答應；為什麼呢？

如果說起實際情況，由於公私立學校制度的不同，以後的薪水少很多；而且沒法享受到退休前有兩次各一年留薪休假的權利，損失更有二三百萬元。但是這些，筆者都置之度外，為什麼呢？

總歸一句話，就是筆者是奉著心中那一股「使命感」而去的：為了完成自己身為臺灣一份子當盡一份愛鄉土、愛國家的力量；這樣，才心安理得。臺灣是我們的家，我們的國，那有人不愛自己的家、自己的國土呢？

世界無奇不有，事實上臺灣就有少數吃裡扒外，胳臂往文攻武嚇的敵國的，政治上的某些黨不說，馬某某市長、前中央研究院吳某某院長、前監察院王某某院長的言論，也姑且不談。只說內人有一閨姓同事，平日長於「理財」吸金，趕在五十五歲「專案」退休，多領了三四十萬元。她退休後，總數拿了幾千萬，移民中國，孝敬敵人去了。這且不計較，她還完全與她生活數十年、養她數十年的臺灣人地事物，一刀兩斷，絕不再相往來。過河拆橋、刻薄寡恩的嘴臉，以及背後所謂的「大中國意識」，完全洩露！

面對這樣的情勢，熱愛臺灣的人，怎可不加重自己的使命感，喚醒民心士氣呢？青少年朋友是國家未來的中堅，不幾年就有投票權，對政治可不能陌生，對國家的定位和未來，也不能不去了解和思索。

確立臺灣為思考問題的主體，建立臺灣為世界最進步、民主和法治的安全國度，是全臺灣國家同胞共同的「使命感」。青少年朋友可以在這大前提下，尋找近程的、小的使命感，漸進式的去完成。不過，任何小使命都不要違背這一「愛臺灣」的大使命；而不計名利，努力以赴，必能對得起良心，並走出一條康莊大道來！

（一九九七年七月四日，《臺灣時報》副刊〈與青少年談心〉專欄）

不是臺灣人也不是中國人

——『陳夫人』的勁爆啟示

所謂「陳夫人」，……是四十年代初，……日本作家廣司總一小說中的女主角安子，……嫁給臺南的資產小開陳清文為妻。……陳氏夫婦面對的是……日本殖民政府要求臺灣人「皇民化」的尷尬、苦悶。……

這種身分認同的煩惱與苦悶，也傳染給他們的女兒清子。清子照道理上說，她是臺灣人；但是，她的母親是日本人，……。從客觀上來看，她是臺灣人，也是日本人。……這下子她矛盾了，抓狂了！最後逼得她冒出一句大徹大悟的話：「我既是日本人又是臺灣人，這等於我不是日本人，也不是臺灣人！」

目前臺灣一小部分人一定會有如清子的苦悶，會這樣子的吶喊吧：

「我既是中國人又是臺灣人，這等於我不是中國人，也不是臺灣人！」

（二〇〇〇年二月九日，《勁報》副刊）

為臺灣文學的未來

——籲請總統宣示本土化為國策

九月中旬，參加「兩岸文學發展研討會」（中央大學中文系主辦）。研討會前，主辦單位請鄧克保（筆名柏楊。按：後故）作「溫暖可以使殘冰盡消」的專題演講。他的演講，還在算一九八七年臺灣解嚴前禁用簡體字、漢字禁止橫排等老帳；這在中國來賓面前，實在有討好的嫌疑。又說目前兩岸解凍，所剩殘冰，「有的很大，大到是可以撞翻船隻，造成災難。」中國一直以臺灣為其一省，是他所謂的大「殘冰」，應到中國去說給江澤民、李鵬（按：後來變成胡錦濤、溫家寶；習近平、李克強）、軍頭等聽，才對！

而所謂北京中國社會科學院、內蒙古籍的楊匡漢，來臺作客，卻在發表「母題的變奏——臺灣當代文學觀察之一」文中，處處有矮化臺灣的字句：最明顯的是在其前言的第四段，說：「臺灣是中國的領土。臺灣文學是中國文學的一部分，這是不爭的事實。中國人在自己的臺灣地區承傳中華民族的文化與文學，是順乎自然、天經地義的。」

會中，即有東華大學的王文進教授提出質疑。在此，我們更要理直氣壯說：第一、臺灣國不是中國的領土！中華人民共和國何曾統治過臺灣一天？何曾收過臺灣一毛稅？何曾徵過臺灣一個兵？第二、臺灣文學是臺灣文學，特色很多，絕不是中國文學的一部分！（臺灣文學兼容並蓄，中國文學倒是臺灣文學的一部分呢）這在臺灣早已成定論。楊某絲毫不知或故意裝瞎，如何研究臺灣文學？第三、中國人到臺灣是作客，客人如何可以喧賓奪主？須知「臺灣國人自有自己的文化與文學，不必承傳中華民族的文化與文學」。請所有來臺作客的所謂中國學者，先認清楚這一點！

解嚴已十三年多（按：至二〇一六年，更增到二十九年）了，但，臺灣的國格仍不被中國（中共赤化全世界的本質永不改變）重視的原因固然很多，歸根結柢，就是：臺灣本土化未列為國策加以推動！政治足以影響文化、文學；我們呼籲陳總統宣示：「全面本土化是臺灣的國策」！並且全力加速推行。這件事比任何文學發展、研究都重要，更與國家的未來發展息息相關，不能不大聲呼籲！

（二〇〇〇年九月二十八日，《民眾日報》本土副刊）

熱愛鄉土

鄉土是我們生活的「土」地，有一天你（妳）離開了，它便成為你思念的故「鄉」。世上哪有不愛鄉土的人呢？鄉土，其實是本土、本地、在地、本國、祖國等等的同義詞。

但是，人的欲望永遠不容易滿足，尤其年輕族志在四方，往往不重視自己的鄉土，沒為鄉土奉獻什麼心力；老來雖然葉落歸根，但總有心餘力絀、時不我予的遺憾。德國思想、文學家赫曼．赫塞，早就提醒我們下面的一段話：

「你說你不滿足於自己的故鄉？你說你認識一塊更美、更豐富、更溫暖的土地？於是，你追求你的理想而出發去旅行了。你飄泊到更美、陽光更充分的他國——；可是，請你等一下，不要讚賞太早。只要幾年，或者更短，起先的喜悅和好奇心都消失了；於是，你爬到山頂上，尋找你故鄉的方位。故鄉的山丘，是多麼柔和，多麼翠綠啊！你就開始省悟和感慨：那裡依然有你小時遊玩的家和庭院，那裡還充滿著你聖潔的青春回憶，那裡還躺著你的母親！」

離鄉，好像距離年輕族很遠；其實不然，時光飛快，多少人不久就要離家，爬向望鄉的山丘。而因學業、事業的關係，回鄉往往遙遙無期，常留許多遺憾。

因此，我們在鄉時，要多為它奉獻；離鄉在外時，也不忘愛護它、幫助它。鄉土，永遠牽繫著每一個人的心！

（一九九六年七月八日，國語日報）

成人也學族語

一九八〇年代解嚴之後，政府和民間均大力推展民主，社會趨向多元發展，重視少數族群，促進各方面的溝通與融合。加上開放至中國探親，因而衍至尋根探源，大家注意本土語言、文學、文化等等的保存與發揚。諸多因素相乘，遂造成今天族語（一般稱為「母語」；如：臺灣先住民南島語、臺灣客家話、臺灣閩南語，以至中國江蘇話、中國四川話等等）研究、教育與使用的興盛。

追根究柢，族語教育的環境，還是在學習者各自的家庭、族群中實施，才最恰當，最有效率；因為它的來源在此。如此，也最具有生活性，學習起來可以很自然而深入。不過，這種族語教育的先決條件，是家庭、族群中的長輩，會講道地而優雅有味的族語。

目前，許多年輕人都不會講族語，或講得不標準，甚至也有加以排拒的。面對這一困難，根本解決之道，不只在學校的本土語言教育，更要在家族中的成人，先學會、說出優雅、雋永的族語，作為下一代學習的參考。例如：臺灣閩南話中的「培墓」、「失禮」、「新婦」等語，實比臺灣流行華語中的「掃墓」、「抱歉」、「媳婦」，來得古雅有內涵。它與傳統文化、文學有深厚的淵源，可以提升後學的氣質和人格修養。

胡適之曾提倡「國語的文學，文學的國語」；吾人今天要推行族語教育，似乎也當提倡「族語的文學，文學的族語」。這「文學的族語」，是族語教育成功的歸宿與保證。

總之，成人也得學習族語——優雅而有文學品味的族語，再傳給下一代。

母源文化更應重視

人類是由動物演化而來的。凡是動物，都必須依賴土地（含土地上的海洋）所長養出的食物；所以，可以說人類是來自鄉野。這根深柢固的臍帶，永遠連繫著每一個人，不論後來他「流浪」到那裡。人類的文化是由鄉村開始的；人們生活的根基，更是「深入到土地裏面」（美國葛德石教授『中國的地理基礎』）。

後來，由於人口的集中、經濟的繁榮，也由於生活的需要，而開始了城鎮的型式。城鎮越大、越現代化，離開大自然、人類的「母體」就越遠；以致思鄉情結久纏，並不快樂。惟有透過「鄉村都市化」的努力，拉進城、鄉的距離，才有可能改善。這是就物質文明層面說的；也是政府及一般人民所能了解，和多年來致力的方向。

但是，在文化、精神方面，城鄉卻是不必要求拉近距離，而是要彼此相互尊重。族群文化不可談如何「融合」，而應談如何「和諧」並存，相互尊重；因為「融合」的背後，往往隱藏著強勢者企圖「同化」弱勢者的陰謀。

城鄉各有其文化，彼此間可能有新、舊之別，但無好壞、優劣之分；所以，應當同被珍視。正如稀有動物一般，長期居於弱勢地位的本土文化，更需要被保護、重視；更何況它正是文化的母源呢！

為建設一個有文化的國家，要先落實本土文化的尊重、發揚與保存，多加疼惜與愛護。這與對待城市文化的態度和方法，是很不相同的！

校園塑造人格

——規畫需顯特色與審美趣味

學校，是一個國家極重要的傳承文化、學術、立國精神等的園地。而校園環境，是學生求知過程中，學識增長、形象塑造、人格形成與發展的孕育場所，也是教師再成長、反映其人格特質、發揮其影響力的地方。人類創設校園，校園塑造人類；不同的校園，塑造出不同的學生。

我們理想的學生，要具有臺灣文化特質、富有人文氣質；校園環境、文化的規畫與建築，除了綠、美化等共通的要求之外，尚有下列幾項原則，需加以考慮：

樹立人文教育的精神指標：任何教育活動，都要具有人文內涵，才能成其大、成其久。各級學校均要建設一具有人文教育精神的建物或景觀；如：臺大的傅鐘傅園、成大的榕園、加拿大哥倫比亞大學的鐘塔、清大的成功湖等等；它們永遠「佔據」著該校以至世界萬千學子的心！

所有硬體建設應力求富有生命力：沒有生命的建物越少越好；或用有生命的東西加以裝飾、美化。所以，鋼筋水泥、屋頂鐵架、金屬浪板，儘量用有生命的取代；或種植爬藤類植栽，加以襯飾，使從外表看來，只見活生生的植物延伸。例如：臺北科技大學早就以有爬藤植栽大樓著名。

校園儘量傍山或臨水而建，或利用假山假水：像美國哈佛大學有湖可泛舟，臺大、彰師大等也均有湖。學子樂山親水，可以學山學水，變化氣質，療癒心中的煩憂。

建立一獨特、美雅而又有教化作用的校門：如：哈佛、臺大校門雖小，但具有特色與審美趣味，象徵內涵豐富；學子人人體會，天天浸潤，多元而有趣。

建物主色調要明快、單純：複雜或強烈的建築色調，令人分心，有礙學習。如果主色調少但明快，使人有舒曠之感，可以培養寬宏氣度、充分思考與樂於溝通的精神。

重視學校歷史，建築設備、花木栽植，均要以百年為期：例如：英國劍橋大學內，「主題」大樹與校舍建築，相映成趣；走上一遭，即可陶冶身心，變化氣質。各校對歷史精神的追求、建構與保存，刻不容緩。

（一九九五年六月十四日，文化建設委員會《文化通訊》第二〇期。）

機艦改名

陳總統日昨在左營，主持海軍旭海、鄱江、昌江和珠江四艦的成軍典禮；海防戰力又向上提升了不少，真令臺灣國人安慰。

在致詞中，總統提到「旭海艦」的命名是本土的，它來自屏東縣的「旭海」村；因此，他特別邀請旭海村長和村民觀禮。「旭海」，正可象徵臺灣國運如「旭日昇自海上一樣的光明」。一語雙關，多麼有意義！

但是，鄱江、昌江和珠江艦？仍依循舊貫，豈合本土化？它們又易與對敵中國的船艦相混；一旦有甚麼牽扯，則不勝其擾。

因此，建議今後臺灣船艦以及飛機，甚至建物、街路名等，必以本土命名，展現獨特國家的國格，不與他國名稱相混，何樂而不為呢？

（約二〇〇一年。二〇一六年的「沱江艦」，仍未見改善。）

課綱關鍵用詞平議

社會各界自一九九七年起討論中等學校教科書（歷史、公民等）課綱，已有十數年。雖然一再調整，但也一再引起爭議，浪費太多社會、國家資源。這當然是由於各方人士的史觀、意識形態、關鍵用詞等等的分歧所致。筆者擬從「關鍵用詞」方面進一言，希望各界能夠接受；從而以此為基礎，進一步做其他方面的再討論與再突破。

關鍵用詞的擬定，堅守有利於國家、切合於未來，具有真理性的學術立場，不涉入政治場域；因而以合乎國家「主體性」、詞意「中性化」（指不偏藍綠、統獨等等意識形態）、內容「精確化」、具備世界「通用性」四者，為最高原則。基於此，建議將自來主要觸及的關鍵詞，平議拈出較為平允的用詞如下：

臺灣：國家名，即指「中華民國」——使用時不簡稱，必用全名。臺灣，則可簡稱為「臺」、「台」。（符合上述主體、中性、精確、通用四原則）。

中華人民共和國：國家名，可簡稱「中國」、「中」。但不可稱「中國大陸」、「大陸」、「中共」、「內地」、「陸生」等；因為大陸一詞，意指大的陸地，是地質學、地理學用詞；絕非國家名稱，使用它，是對其國的欠缺尊重。如：歐亞大陸、菲律賓海底大陸板塊。

中國大陸一詞，指的是：中國這塊大的陸地，是地理用詞，非指稱其國家。而內地，是指世界任何一個國家的國民，出國到海外去時，對其國家的稱呼。（主、中、精、通原則）。

荷據、西據、明鄭據、清據、日據、中華民國據：不論荷蘭、西班牙、明國鄭氏、清國、一九四九年至一九九六年臺灣民選總統副總統之前的「中華民國」。其統治臺灣，均沒有經過臺灣人同意，即行佔據統治，所以統稱「×據」，沒有例外。（主、精、通原則）。

臺灣海峽兩岸：應用全稱，或略稱「臺海兩岸」，絕對不能簡稱「海峽兩岸」或「兩岸」；因為世界上有許許多多的海峽，不明指「臺灣海峽」則不知所指何一海峽。而任何大大小小的水流，都有兩個岸邊，不明確指稱是「臺灣海峽兩岸」，那究竟在指何處呢！（主、中、精、通原則）

臺灣終戰：昔用「光復」，因一九四五年日本投降撤退，中國國民黨政權接受聯合國託管卻變成「佔據」，並沒有真正「『光』榮地恢『復』」臺灣被日本佔據前的狀態；當時只是終止戰爭狀態而已。要直到一九九六年臺灣人投票選出正副總統，才真正進入民主時代，臺人才光榮地當家做主。（主、中、精、通原則）。

臺灣全國：可簡稱「臺灣國」、「全國」、「全臺」。不可稱「臺灣省」、「全省」、「臺灣地區」；因為臺灣早已凍省，形同廢省了，已沒有「省」級的行政運作。臺灣更不是某國的一「地區」。（主、中、精、通原則）

金（女真）國、元（蒙古）國、清（滿清）國：在古代歷史上，此三國並非漢族所建立的國家；所以，以國家主體性來說，它們一定不願意被劃入漢族的國家歷史系統中。故為了尊重其民族

尊嚴，宜以國家相稱。故過去所用「清廷」、「大清帝國」等詞，均不適用。（中、精、通原則）

漢語、漢字、中國畫、中國國劇：在臺灣，不應該用國語、華語、國字（中國字）、國畫、國劇等詞；因為所謂「國語、華語、國字（中國字）」，並非中華人民共和國人或臺灣國人所發明，而早在二國建立之前，就屬於世界七大語言系統中的「漢藏語系」之「漢語」支語言系統。如今世界上使用漢語漢字的人，約近二十億人，雖然中國占了一大半以上；但，嚴格來說，仍不宜稱「華語」或「中國字（國字）」等詞。而國畫、京劇，則為古代以來中國人為主所創作出來的，故宜稱「中國畫」、「中國國劇」、「中國京劇」。（主、中、精、通原則）

（二〇一五年五月二十六日）

設立國貨館可行

「大同，大同，國貨好！……大同產品，最可靠！」

這不是在置入性行銷某產品，而是小時候常聽到愛用國貨的呼籲歌聲，大家真的去買各種國貨，造成六〇年代的臺灣經濟起飛，最後成就了七八〇年代「臺灣錢淹腳目」的經濟奇蹟，舉世聞名，國民豐衣足食，好不風光！

如今，已不曉得多少年沒再聽到這歌聲了；曾幾何時，國人哈日哈韓哈歐美之風起，崇尚精品，甚麼LV包、VOLVO汽車、……，再也沒有人提倡愛用國貨了。錢被外國人賺跑了，造成國內失業率高、出口萎縮、貧富懸殊加大、……國內經濟怎會好呢？

日前有某政黨主席催生「國貨館」，深得我心；我們是到了必須從根救起的關頭。設國貨館，只賣各種MIT的品牌，絕對不賣贗品假貨；品質保證，信用保證，大家買得完全安心，童叟無欺。人人愛用國貨，是一種愛國的行動、救國的良方。如再吸引龐大哈臺的外國人、觀光客，那包你不大賺錢也難！

希望愛臺有志的工商業界，集中好的零售、批發通路暢銷臺製產品，善用折扣合理、品管徹底，必附產地證明等等高標準的訴求，一方面薄利多銷，一方面可以救國圖存，助己利國，一舉兩得，何樂而不為呢！臺灣工商企業家們：請站出來！早日籌設『臺灣國貨館』，天祐你生意興隆大賺錢！

（二〇一五年六月）

不懂文言文，莫登飛來峰

吳副總統二〇一五年五月二十一日接見全美臺灣同鄉聯誼會訪問團時，又提到他在二〇〇七年應邀在該會的年會上演講題目是：「不畏浮雲遮望眼」。說它出自宋代宰相王安石的「登飛來峰」詩；全詩是：「飛來峰上千尋塔，聞說雞鳴見日昇；不畏浮雲遮望眼，只緣身在最高層。」

吳副說王氏作詩的背景是：當時推動新法改革，非常艱苦，得罪許多人，有些氣餒，想提早退休。有一天走到開封城外的「飛來峰」，在塔上目睹黃昏時的開封城燈火亮起，覺得身為宰相，應該讓戶戶燈火通明，人人健康，家家幸福；因此堅定信心，覺得自己使命未了，應該要勇敢堅定地奮鬥下去。

次日，吳副出席臺北國際觀光博覽會開幕典禮，記者問到他昨天的談話，是不是也覺得自己使命未了，要參選二〇一六總統選舉的黨內徵召呢？

在此，不作政治解讀，只談學術真理。上述吳副的解讀，除詩的確是王安石所作無誤之外，其餘都錯謬：一、此詩是王氏三十歲（仁宗皇祐二年，西元一〇五〇年。案：王氏生於一〇二一年）所作。二、當時攀登的飛來峰位在杭州；河南開封府城外根本沒有這座山。三、當時王氏初任浙江鄞縣令，意氣風發，所以詩中很有抱負；但，當宰相是許多年後的事。四、詩的時間點是：「雞鳴見日昇」；並不是「黃昏時的燈火亮起」。

吳副很喜歡此詩，一再引述，除二〇〇七年、今年之外，二〇〇九年三月七日在佛光山臺北道場「生耕致富系列演講」、二〇〇九年四月八日在政治大學社科院行政管理碩士學程演講時，也都講此題目。前後四度，都是如此以訛傳訛。基於學術應追求真理真相，不得不在此提出是正，以正視聽。

（二〇一五年五月二十五日，自由時報〈自由廣場〉版。次日，前立委陳振盛有回應，舉南宋國．林升詩：「錯把杭州作汴洲」，來指斥吳副）

主動找事做的公僕

當年郵局尚未民營化，有一天，我到臺灣師大斜對面的郵局去寄掛號信。這個郵局的服務窗口很特別，中間是二三個大宗郵件窗口，平時很少職員在那兒；左、右邊則是一般郵件窗口：左邊更只有一位劉姓先生在辦公；右邊則有二位小姐。一般人習慣往右邊窗口寄信。

當天，我也在右邊窗口排隊等候，忽然聽得劉先生喊我過去，態度親切。我很快的就把信寄出，趕捷運上班去了。

劉先生大可無事一身輕，或做自己的私事；但是，他主動叫「顧客」過去，實在難得！

寄了信，和他正說話間，他眼尖又揮手請另一位顧客過去，好像一點也閒不下來。這，由不得我不加讚美和敬佩；他的所作所為，象徵著臺灣的生命力，有了他，臺灣充滿著希望的未來！

機車行變7－11

機車族遠多於汽車族。騎機車有很多方便的地方，但最擔心的是輪子漏氣或沒氣；這時，只有趕緊補氣或灌氣了。

不過，如果正值黑夜或車行已經打烊了，這時到那兒去充氣？千千萬萬的機車族：你也有「舉目無親」的慘痛經驗吧。

荒漠也可能有甘泉，就在筆者所住的巷口（臺北市和平東路二段一七五巷），就有一家世偉機車行。老闆租屋開店，每月幾萬塊租金，壓力不小；但他愛心不減，而且腦筋也夠聰明：除了白天隨時把打氣管接好，上了電源；常見機車族停車ＤＩＹ，自助打氣。而晚上十時打烊以後，打氣管仍然不收，就像7-11一樣，全年無休。實在太令人感佩了！

為他人著想，給人方便，早期臺灣人有不少這種善行，像：路邊供應茶水解渴，是臺灣人情味、生命力之所託。但，近來逐漸式微，需要我們積極找尋，多多效法。小善足以成就大功德，臺灣的未來仍然充滿著希望。

改變人生的營會

自廿一世紀起，國家發展委員會每年精選全國高一學生二百名，舉辦「高中生人文社會科學營」十四天。聘請文學、歷史、哲學、社會、經濟、藝術、政治、法律、心理、傳播等十大領域的專家、學者為講師，深入探討時事，讓學生增進對社會、人文探討的興趣與了解。

這個營會迄今已舉辦十五屆了，約有三千人參加。據悉去年三一八學運青年許多人都參加過，尤其是魏揚、陳為廷，可見其作用和影響力了。

筆者生也較早，沒有機會參加；但，使我想起了一九九五年八月十四至十八日，曾參加吳三連臺灣史料基金會主辦的「第十七屆鹽分地帶文藝營」。那年，剛好五十歲，已擔任教授九年可休假一年，就在暑假剛近尾聲時。四夜五天的臺灣本土文藝營，讓出身中國文學系所，讀多了經史子集、四書五經，對臺灣史地一知半解，對國族認識懵懵懂懂的我，觀念丕變，本土意識清晰，堅定生為臺灣子弟的信念，甚至矢志下半輩子要為自己腳下的土地奉獻一切。

之後，我開始大量接觸臺灣的史地、文學文化、政治經濟、產業、社會等等的書籍與資訊；總之，是全面去認識臺灣的過去和現在。我像一個饕餮客，對臺灣的一切知識大吃大喝。尤其出身文學專業，對與臺灣文學有關的學識，包括：考古文物、原住民神話、鄉土傳說、族群語文、思想文化、精神靈魂，乃至二二八傷痕文史等等，都去接觸，去感受。終於對臺灣本土的認識有基本的素養。

那年代，學生對本土語文了解的渴望，勝過一般文學教師；在時潮驅使下，我也好不容易說服守舊的師範體系同事，系務會議終於通過開授臺灣文學的課程！

時來運就轉，一九九七年「臺灣四百年第一系」的淡水工商管理學院臺灣文學系成立已一年，系主任張良澤教授卻因任教的日本大學不放人，而無法回國專心系務，全力貢獻，因而急於找人；我因籌備時曾將資料提供，被列為儲備師資，張主任商得葉能哲校長的同意，推薦我去接替。於是在次年「流浪到淡水」，以系為家，全面翻新課程，均與臺灣學領域相關；用心專力，帶領第一屆學生到畢業。

當時聘請的名師為一時之選，如：李喬（講授臺灣文化等）、鄭清文（臺外文學、小說寫作）、蕭蕭（詩、散文）、向陽（詩、文學傳播）、白靈（詩學）、陳國章（地理地名學）、宋龍生（原住民、田野調查）、……。因此短短三年，就把第一屆的十一位學生，考試加甄選，送進當時尚未廣設的十三個研究所。其他就業的，也都在工作上能夠勝任愉快。後來又繼續深造，考上博士班再成為大學教授的，有多位。

如今，我已退休但仍兼授臺灣文學課程，也指導碩士生研究臺灣語文的論文；真的，下半輩子奉獻給臺灣。至今僅有一遺憾，就是沒再讀臺灣文學或語文學博士班，成為道地的「臺灣國家文學博士」！但，回想當初參加臺灣文藝營，才有這些覺醒和改變，讓自己的人生方向更正確。如果說人生不啻是一場戰鬥，我這才真正知道為誰而戰。因此，鼓勵大家多多參加值得參加的營、會，極可能因此覓得或轉變出自己的人生新方向，那是再苦也值得的！

（二〇一五年，投稿《臺灣時報》副刊臺灣文學版）

值得大力推薦的《鄉土文學副刊》

二三個月內，筆者有多篇文章獲得馬祖日報副刊〈鄉土文學〉刊載。翻看自己的小文章之餘，自然也欣賞同一板面的其他大作。不看則已，一看之下，不禁要發出讚歎：「鄉土文學副刊」真是當今臺灣各報副刊的翹楚！值得大書特書，加以崇揚。為什麼呢？

第一、謹守副刊文學性的特質：現今許多報紙副刊，多半變成「什錦版」，古今臺外的許多非文學的內容都刊登，文學的原本特質不見了；儘是些追求外國時尚，或商業考量，或譁眾取寵的文字內容。在此，不便列舉批評；但，吾人只要以「含有多少文學成分」做判斷的標準，就可以看出馬日〈鄉土文學〉副刊，是多麼純正啊！以「文學」為名，名副其實。

其次，關心人的生活：文學起於生活；每一天，報紙在報導國內、外，乃至全世界人類前一天或之前所發生的歷史事實。就中所說的「人類」，人人當然是以生活為重心，去追求生存的未來性，必然會重視其「生活」的各方面。而副刊存在的原意，是在補正刊的不足；那麼，副刊自然要刊登促進人們生活快樂、福祉的文章。綜觀馬日的鄉土文學副刊，它以「鄉土」為名，不只重視生活，而且更進一步以「鄉土生活」為對象呢。

再其次，具有「獨特性」的內容文字：馬祖，過去是戰地，長期近距離面對敵人的威脅，所以產生許多戰地文化思維與生活對應方式，形諸於文學作品中，自有一種獨特的品味存在，與一般文字不同。正如臺灣先住民各族的文化、文學，乃至生活方式、思維模式等，不同於其他臺灣族群一樣。可說是「國家的寶藏」！

如今，臺海兩岸雖然表面上氣氛較和平穩定，但只要一兩千顆飛彈未撤，戰爭的威脅隱隱仍在！馬日副刊常有回憶、記錄過往對敵、防敵、反敵的經驗分享於字裡行間，有血有淚，血淚交織，足以喚醒國人時刻須有居安思危，有備無患的憂患意識。此類文字，不僅是馬日的特色文章，也是貢獻於國人的大塊文章，至堪表彰！

殷望國人多閱讀、傳播與推揚《鄉土文學副刊》，群策群力，認同、努力、積極前進，則馬日幸甚，臺灣幸甚！

（二〇一五年，投稿馬祖日報鄉土文學副刊）

釣魚台主權問題爭議的史實

沉寂一陣子的釣魚台主權到底誰屬的問題，最近因為李前總統登輝訪日時提起，再度被討論，衍生其他不少聲音。國人要了解史實，理智面對，才能解決爭議，而不致一再的浪費社會資源，傷了國民相互間的和氣與感情。

現將自來與釣魚台有關主權歸屬的分分合合，古中國？日本？中華民國臺灣？頗為複雜的史實，臚列如下。筆者僅適時加上案語，使文意內容更加明瞭；並不擬加以評論。

明太祖洪武五年（西元一三七二年）：琉球王國向明皇稱臣朝貢，列為明之藩屬。

明世宗嘉靖四十一年（一五六二年）：釣魚嶼劃入明朝版圖（見明國．胡宗憲『籌海圖編』）。

清國慈禧太后：賜釣魚台與大臣盛宣懷採藥。

清德宗光緒五年（一八七九年）：日本國併吞琉球，改為沖繩縣。滿清國未予承認。

案：在此之前，釣魚台主權歸屬於古中國（明、清）。

一八九五年一月十四日：日本內閣決議將釣魚台併入沖繩縣。

一八九五年四月十七日：清國依據馬關條約將釣魚台漁業權割讓給日本（案：釣魚台主權一月已被歸日本）

一九四一年：日本法院判決釣魚台主權屬於臺灣總督府臺北州。（案：因臺灣被滿清割讓給日本，故雖然釣魚台直屬臺灣，卻已被日本併入。）

案：在此之前，釣魚台主權歸屬，清國、日本互不退讓。釣魚台漁業權則仍屬日本。

一九三七年－一九四五年：二次大戰期間，美國佔領日本沖繩縣（釣魚台含入）。

一九四五年：盟軍五國受降，日本將釣魚台漁業權歸還盟軍。中華民國政權佔領臺灣後，臺灣省政府呈外交部「臺灣節要」修正稿，附屬島嶼最北至彭佳嶼。

一九五一年九月八日：舊金山和約：美國將沖繩行政權（案：主權未移交）歸給日本。

一九五三年十二月二十五日：美國「琉球人民政府」第二七號：「琉球群島地理邊界」公告：將釣魚台正式劃入琉球人民政府的管轄範圍。

案：此期間，釣魚台主權、漁業權屬於美國（盟軍）；中華民國臺灣政府未予抗議。

一九七一年六月十一日：保釣運動，臺灣外交部聲明：「釣魚台列嶼是中華民國領土的一部分。」政府將釣魚台隸屬宜蘭縣頭城鎮，郵遞區號二九〇。

案：直至此時，中華民國臺灣政府首加抗議日本擁有釣魚台主權、漁業權。

一九七二年五月十五日：美國「沖繩返還協定」將「琉球歸返日本」（案：連同釣島主權。國際法認定釣島屬日本。）臺灣也設「中琉文化經濟協會」辦事處。

一九九〇年十月：臺灣區運聖火宣達船抵釣魚台外海，因日本不同意上岸而返。

案：此時，釣魚台主權由美國轉至日本手中。中華民國臺灣政府設「中琉文化經濟協會」辦事處，不承認美、日一九七二年之協定。

一九九二年：中共政權制定「中華人民共和國領海及鄰接區法」（俗稱「領海法」），片面將臺灣國、釣魚台、金馬等主權計入版圖，宣稱擁有主權。

一九九六年七月：日本政府片面批准實施聯合國海洋法。臺、日二百海浬的經濟海域大幅重疊，時有糾紛。

二〇〇三年：臺灣內政部公佈「中華民國第一批專屬經濟海域暫定執法線」（經濟海域為二〇〇海浬）。臺、日間展開十數次之釣魚台周圍漁業權談判。

二〇〇五年七月二十九日：臺、日第十五次漁業談判決議：臺灣東部至日本西部海域，由臺、日共管；共管範圍二〇〇六年三月第一六次會議決定之。排除中國在外。

二〇〇六年五月三十日：臺灣外交部於近期內將「中琉文經協會」更名為「臺北駐日經濟文化代表處駐琉球辦事處」，已獲日本同意。

（以上資料多參考鄭海麟『釣漁台列嶼之歷史與法理研究』，香港明報出版公司，一九九八年十月二版）

案：此舉，駐日代表處下設琉球辦事處，容易被解讀為中華民國臺灣政府認同琉球主權（連同釣魚台）歸屬於日本。

（本文曾投稿自由時報自由廣場版）

為陳益源教授說句公道話

七月二十九日自由時報載：「陳益源將長臺文館本土社團：外行又親中」。這是標題；而內文詳情是：文化部擬聘請成大中文系教授陳益源擔任國立臺灣文學館館長一職；但，臺灣社、臺灣筆會等十多個本土社團昨天聯合聲明，抗議此人事案，「質疑陳教授外行，且擔任臺灣民主自治同盟（簡稱臺盟）所屬的閩南文化研究顧問，疑似中國統戰單位。」關於這，筆者有話要說。

陳教授是臺灣雲林人，就讀中國文化大學學士、碩士、博士。學術專長在民間文學、民俗學、東亞漢文學（含越南）與古典小說。現為成大中文系特聘教授。著作等身，包括：專書三十八本、學術研討會論文六十八篇、期刊論文六十七篇、其他出版品十八篇。現兼任成大研究單位之一的「人文社會科學中心」副主任兼行政作業組組長。曾任：國際亞細亞民俗學會副會長、臺灣中國民俗學會理事兼祕書長、臺灣敘事學學會理事、中國古典文學研究會副祕書長、雲林縣文化局《雲林文獻》主編、國立臺灣文學館《臺灣文學研究學報》編委等。

由上述簡略敘述陳教授的情況，可知他是一位土生土長的臺灣民俗、民間文學專家、學者，已獲國際聲望與肯定，曾任國際亞細亞民俗學會副會長，即是明證。尤其曾任臺灣中國民俗學會理事兼祕書長、臺灣敘事學學會理事、雲林縣文化局《雲林文獻》主編，這些都是因為他在臺灣本土文學研究上有相當傑出的表現。而民俗學或稱民間文學，正是臺灣書面文學的根源與基礎。陳教授擔任臺灣文學館『臺灣文學研究學報』編輯委員，對近在成大咫尺的國立臺灣文學館的情況，當是頗為熟悉；如擔任館長一職，豈會「外行」呢？行政院文化部答覆本土社團的質疑，說：「經多方徵詢文學界人士，並考量陳益源擁有豐富行政經驗與文學研究成果」，就是指上述他的情況與成就、能力吧！

筆者在一九九九年擔任真理大學臺灣文學系主任任內，即曾聘請陳教授擔任「臺灣民俗學與田野調查」課程。起先他因忙碌又遠在臺南，擬回絕；後因他到彰化向其恩師吳晟先生拜年，特請教吳老師怎麼辦？吳先生正告他：「臺灣已經在大學成立第一所臺灣文學系，這正是你奉獻臺灣最好的機會！你一定要勉為其難接聘。」就這樣，我聘到了一位專家、行家教授。和他近距離相處一年，知道他跟我一樣是「書呆子型的學者教授」，本不喜兼課、兼行政等會影響學術研究的事務，除非對國家社會有貢獻、有作用。相信陳教授如接受臺文館長之職，也是基於此。

至於本土社團質疑他擔任臺盟閩南文化研究之顧問一節。一般人都知道，所謂顧問，十之八九都是象徵性的虛銜；有人更戲稱是：「看（「顧」）門口（「問」字拆開）」而已，能影響、發揮甚麼作用呢？料想陳教授當初接受此銜，應是礙於情面吧？他是老教授，本土思想意識已定型，從無傾中的言行，會被統嗎？本土社團說：「疑似」中國統戰單位，其實應該先查清楚才能質疑。退一萬步來講，陳教授也可以立即辭去呀。筆者相信陳教授是土生土長的愛臺之士；在學術研究上有時不得不涉及中國學術領域、人物，不能看表面就懷疑已被統了，不是嗎？

（本文曾投稿自由時報自由廣場版）

附錄：二〇一五年七月三十日，陳益源教授回信：

「政華教授：……想起當初，由於您的緣故，我遠從嘉義開車到淡水真理大學臺文系授課，以及指導學生、與學生在臺北縣進行民間文學調查的諸多情景，往往歷歷在目，頗多感觸！我會認真為臺灣文學努力多做點事，盼您繼續支持！至於異見，我就視為寶貴的鞭策，不多辯解（恐怕有時越描越黑），以行動來證明自己的清白即可。

再次致上我發自內心的感謝之意。

益源敬上」

卷三、新・詩・情

本卷，以詩的形式，表達筆者對土地的關懷。雖有部分少作，但它們也暗合「在地心」的主旨，而又含有情耕之意。寫作的年代，多集中在上次政黨再輪替（二〇〇八年）後的六七年間，看著當政者無能，人民痛苦，國際競爭力日下，有志之士不能裝啞作聾；看著千錯萬錯的內政、外交、國防、經濟舉措、……，遂發為批判的詩章，為歷史留些見證。

內容分二大類：一則諷刺大國家小鼻子小眼睛，騙倒世人眼目，如：禪讓政治、神話的宿命等詩。一則以大量篇幅針砭時事，痛斥當政者的低能。由「消費券是甚麼」直至「運命的轉折」，約有三十首之多。其中特別推薦「『泛藍欽』事件停不了」、「稱呼臺灣」二詩。前者，至今「青春痘」（洪）總統候選人（後被朱立倫硬換下），也仍是那副嘴臉！後者，在提到美國早已承認臺灣國家了，因為國家才能與他國對等簽訂條約。

而其中也有濃厚的詩之情意，如：〈深情依舊〉、〈運命的轉折〉、〈臺灣民族出頭天〉三首；也在寫作技巧上下了些功夫。而〈印尼國家〉一首，則由外國看臺灣：

「巴丹島導遊每句話都提說：
『我們印尼國家。』
讓人欽佩
雖然島上很落後，國家也不怎麼樣
但一定有可期望的未來」

詩心的培養

「你是一位詩人；那是因為你理解大自然，喜愛大自然。對別人而言，風吹動樹木，山輝映著陽光，有什麼意義呢？然而對於你，那裡面卻有能和你一起生活的『生命』呀！」

這是德國詩人兼思想家、諾貝爾文學獎得主Hermann Hesse（赫曼．赫塞，一八七七～一九六二）說的話。詩人和一般人不同之處，就是他永遠保持著那一顆喜愛、理解並欣賞大自然的心。當詩人面對大自然時，他已和大自然合而為一，表現出來的是那一首首動人的詩篇。

人心是易感的，其實我們都是天生的詩人。只要永遠發揮詩心，接近大自然，探討大自然的一切，再學些表現技巧，就可以在紙上、在生活中，處處見詩，處處凸顯不同的生命意義。

發揮天賦的詩情，培養更豐富的詩意，是每個人展現特質的捷徑。臺灣是詩的民族，詩心正是表現國人詩質的希望所在。

（櫽括自一九九六年六月二十四日，國語日報原文）

寫作初衷

不懂詩
又好像懂一點點
管它，出了『嘗試集』讓人去解讀

人生有不少的會心
生命存在著太多的無奈
眼看世上多少不公不義
……
通通組成詩的原料
醞　釀　成　行

（二〇一〇年八月十一日）

標旗

山巔矗立於高岡
你更在山巔上
有星作伴　望舒（月）為鄰
你祇盼捕捉著
那飄忽的朵雲。

眾山小，萬物更渺
白雲升足下
紅日也打肩上掛斜
你微顫著修軀　可是
高處不勝寒？

（一九六六年《民聲日報》副刊，筆名：林立；大一）

未成形的圓

麥哲倫的船桅折了，而
地球依然橢圓輪轉。
認識了妳，才知道
我的成年已開了端。

夢的圓舞曲響起，響起
於朝暾的輝光中，
移步輕輕，別踩滤了
生命的軌跡—
那不容一粒沙的眼睛—
春陽底下盡是美好一片。

落日戀著西山，
漫漫彩霞是依依。

心園荒穢不知耘，
蒺藜卻曉纏人足：
早產的情愫
被迫引蝕。

菲島土人固無情，
地圓學說終被證驗。
復燃的勇氣鼓起了，
未成形的圓將孕滿復甦的種籽，
在這向心力薄弱的尖端。

（一九六七年三月二十九日，《民聲日報》副刊；大二）

因為沒有再一次的人生

——送給你：我的畢業生

離開這兒，
不知將到一個什麼樣的地方去；
不管你喜不喜歡它，
都要付出你的一切，
因為沒有再一次的人生。

沒有再一次的人生。
每一株幼苗，
都要給她滋潤的露水；
每一棵枯樹，
也都有它重綠的權利。

誰沒有跌倒過？
爬起來！
否則，到達目的地的時間
就晚了一步。

能走快的就走快，
能接引更多的，
就儘量使出你的法力吧！

因為沒有再一次的人生，
所以要珍惜最後一次的出發。

（一九八六年五月，臺北師專《國民教育》第二七卷第一期）

傘羽花移植

北歐四國冬天佔了半年，
四五月一回夏，冰雪消退，
草木復甦，
到處是傘羽花的天下，
高速公路旁的，最令遊客動心，
小葉細莖，
無礙她越長越高的花莖如傘
如輕羽，
粉紫的色彩，點鋪在微禿的青野上，
含水過冬的生命力叫人動容。

要將它移來寶島，
得通過海關層層的隱護。
來到陽臺的花盆裏，

排排站著
有根的株榦！

（二〇〇三年珍珠婚，北歐四國遊）

深情依舊

「雁兒呀請妳寄上我心意，
告訴他：深情依舊……」
多情人　傾聽多情詞，
翻動了心深處那股情熱
汝可知伊的心？

太多的困難
更多的界限待跨越
再久再遠　我期待
將來不管如何
我都永遠深深的把汝想起

（二〇一〇年一月三十一日，由花東返臺北途中）

雪螢

「一閃一閃亮晶晶」的夏螢已經過時了
數以千計的雪螢
不怕十二月的冷空氣
飛舞在大雪山　在奮起湖的杉林中

十多秒才會閃一下
更光、更亮
牠是臺灣獨有的寶貝

歐巴馬的演說

二年來歐巴馬的競選演說
沒有拿講稿或小抄
總是侃侃而談　從肺腑中流出
沒有頓一下　去思考出虛假的言論

今天的就職演說二十分鐘　一氣呵成
對主政八年　發動二次戰爭　經濟大蕭條的布希
平平的說聲：謝謝布希總統對這個國家的服務。
真是恰到好處！

前人，……奮鬥不懈，在康科特和蓋茨堡，諾曼第和溪山等地葬身，
緬懷先人。
此際，……有些勇敢的美國同胞在遙遠的沙漠和山嶺上巡邏。
正視現在

引用國父（華盛頓）激勵之言：「在深冬，只剩下希望和美德。」
說出不少哲智之語　像：偉大絕非賜予而來，必須努力達成。
……
歸結到：我們現在需要一個勇於負責的新時代。

（以上刊於《鹽分地帶文學》第二十一期，二〇〇九年四月十五日）

這恰與凡事不沾鍋
演講　報告必看講稿的騜不同
同是美國人（馬仍持有美綠卡）
啊　除了個人能力　治理本國或外國
其心術也有不同吧

（全詩，二〇〇九年一月二十日作）

連黑人總統也瘋狂

去年，美國弱勢的歐巴馬當選總統，
世人寄以厚望，諾貝爾基金會更要致送「和平」獎。
但美麗島事件三十周年紀念日那天，歐在受獎演說中，
卻為日前增三萬兵到阿富汗戰場辯護，說什麼
「和平是目標，但戰爭有時是必然的，且有正當理由」。

幾天來，反戰人士示威抗議，如影隨形，
連古巴卡斯楚也挖苦：增兵還好意思領和平獎！玩世不恭！
歐更不出席挪威國王午宴、慶祝音樂會。
挪威人看不下去，批：太傲慢！

臺灣國的馬總統？
一丘之貉！
他們的歷史地位早已蓋棺。

（二〇〇九年十二月十三日）

臺北與東京

街頭萬象，是城市的縮影
東京人手一書，
腳步匆匆，在車上閱讀；
臺北人盡是手提早餐
趕往學校　公司
精神食糧與物質享受，截然不同

東京人穿著
正式西裝、套裝，品味十足
臺北人哈日，只見uniqlo、東京著衣、……

（二〇一三年四月十五日）

印尼國家

巴丹島導遊每句話都提說：「我們印尼國家。」
讓人欽佩
雖然島上很落後　國家也不怎麼樣
但一定有可期望的未來
不像騜政權下的臺灣
「我們臺灣國家」啊！

（二〇〇九年二月五日）

禪讓神話

「女壻是半子」
說法很溫馨
但懷疑它源自古中國
堯將女兒嫁給舜
後來又把帝位讓給了他

「禪讓傳賢」的說法
是大神話　大笑話！

（二〇〇三年）

諾貝爾已死

首位中國作家管謨業獲得諾貝爾文學獎
說他「將鄉野傳奇、歷史與現代融為一體」；
其實他對中國近現代政治、歷史
在被勞改後隻字不敢提
敢的是照抄『毛澤東延安語錄』

他的話說對了：
「獲獎不代表甚麼」
因為心虛了，失去良知與勇氣
他支持「文藝為政治服務」
在他用筆名「莫言」後

應該引用十二年前中國作家協會的用語：
「諾貝爾文學獎已失去了權威性！」

因為諾貝爾不察，
諾貝爾已死！
中國有良心的網友一句對比：
「以前得獎的（如：高行健、劉曉波）不能說；
現在不能說的（「莫言」）得獎了」

（二〇一二年十月十二日）

神話的宿命

中國人講究色香味俱全
臺灣仍在被殖民，奴役性格也重視色香味
馬瞞取政權近三年，想慶祝「中華民國建國」一百年
四月，爆出塑化起雲劑的醜陋
色——食物濁重有渣質如雲
香——昇華毒成分，害人於無形
味——化工食品滿足重口味的臺灣中國人

許多國家快速宣佈禁止臺灣食品進入
堆在碼頭、機場
等待宣判死刑
中國吃喝神話正式壽終

追求臺灣國人的原汁、土香、本味
永遠安全

（二〇一一年六月五日）

四二六

在臺灣的中國人當選總統後，
大量開放中國人來觀光
隨地吐痰、大嗓門、古蹟題字到此一遊……
兩岸差異大

賺取一點點人民票
卻逼走東西洋高雅旅客
敢怒不敢言了
大夥兒臨機一動大呼道：
「四二六！」

（二〇一〇年一月三十日，遊花途中）

安利直銷團來

中國女遊客對著鏡頭說：「錢給你們生活！」
臺灣國人：你（妳）怎麼不反應！

團員看到中台禪寺的女尼說：「妳的皮膚白，好好哦！
來照個相吧」
年輕就出家的女尼尷尬到不行。

「聽聽就好，不要去計較；
不然，對觀光也沒什麼好處。」
松山機場商場銷售店員這麼反應。

「商人無祖國」，
你願意這麼被批評？
對中國暴發戶要怎麼面對？

（二〇〇九年三月二十三日）

真理奧妙

兩點之間最短的距離是直線？
地球是圓的，
航線上的曲線才是！

天高任鳥飛，
海魚優游　也沒有國界。
人那會比牠們強？

臺灣——彈丸之島，
卻使海峽對岸的軍頭頭疼了幾十年。

（二〇〇四年）

來使驚魂記

本來就「愛臺灣」的陳雲林
擔任特使五天
發覺臺灣更加美麗

比他更愛臺灣的國人　如影隨形
三日在臺南一不小心讓他自己跌了一大跤　眼鏡都傷了
五日讓他在臺北晶華酒店喝八九小時的酒
六日圍城　圍到次日凌晨的圓山大飯店
七日他看徧臺灣好風光
揚言要再來

好膽勿走！！！

（二〇〇八年十二月七日。按：同年十一月四日，陳雲林接受馬給大禮）

牛犁乾坤

面對二〇〇九牛年
坊間的中國人都喜用「牛轉乾坤」，認為吉祥
臺人期期以為不可
「扭轉乾坤」天地上下倒轉，鐵定世界末日
人力也做不到
何必說大話　反惹來經濟越差　越不快樂

「牛犁乾坤」，一步一腳印
才是臺灣精神　生活的正辦

（二〇〇九年一月二十六日）

白色的象徵

凹陷曲折的不鏽鋼板
象徵事件長久遭扭曲
更象徵二百多位農夫、礦工被屈打成招
基座是一刀刀敲鑿的水泥
代表受難者的傷痛、憤恨和無奈
地板、牆面都是洗石子鋪成
象徵沉冤近五十年，終於水落石出

低頭才可以看到整個碑文
又象徵向受難者致哀

鹿窟紀念碑今年三月揭幕
「想起來會心寒哪！」
受難者代表謝天賜寒心的說。

豈止心寒！
寧願沒有出生
出生不在一九五二年十二月二十九日！

（一九九七年）

帶著您回家鄉

三年一小剿，五年一大剿，
日本據臺五十年
多達一六〇多次。
先住民死在島上　在戰場，
二萬七千個英靈，
卻和兇手一同供在靖國神社
遺族一而再再而三的要移靈
都藉口說他們已是日神，會降福

神也可以降禍！
高砂義勇軍的神靈啊：
降禍給那不知悔改的人吧

且聽泰雅族的移靈歌：

「祖先們：我們來了，
長久以來你們被任意踐踏，遭到侮辱，
受了很多的委屈，
我們要把你們漂流在外的靈魂，
一起帶回故鄉，
一起帶回故鄉！」

（二〇〇四年）

後記：二〇〇二年八月十二日，高砂義勇軍遺族赴日要求迎回祖靈，遭拒。

南臺風景

魚塭響著水花　白亮亮
平房小工廠一座又一座
陽光亮麗
人人有工作

一百多年的在野黨勿再吵啦！
再吵　那有工做？
你們有媒體　我有選票
認同土地的人
才是我們的最佳人選

（二〇〇三年）

消費券是甚麼

騜政權以傾中為策
為救百業蕭條　民不聊生
發放消費券三千六　舉子孫債
連未出生的外國人也有

不直撥現金入口座
以致浪費八十三億發放人員費用
全民到投票所領綁樁鈔票
真真是消財又費事

惡果陸續發生……

（二〇〇八年一月十八日）

燒錢秀

歷史經驗說　逢「九」必亂
二〇〇九跨年煙火秀
點燃臺北一零一大樓

在十八度的寒風細雨中
六十萬人爭看
只有一一八秒的燒錢秀

「場面不如預期」
「民眾怨聲載道」新聞媒體平實報導

（二〇〇九年一月一日）

連花錢都不會

騜政權突多給教育經費六百多億
鄭瑞城部長對記者抱怨：不知怎麼花
休學潮
吃不起營養午餐
沒課本的
生活費、住宿錢
臺語認證經費被洪秀柱立委硬刪四千多萬……

那個不能照顧？
那裡不能補助？
連花錢都不會的部長
劉兆玄閣揆沒頭腦嗎
騜區長「苦民所苦」、「聞聲救苦」
好英明！

（二〇〇九年二月九日）

故宮正名事

已經本土化的
臺灣國立故宮博物院看各部會傾中
也要進京賀老故宮六十壽
周功鑫院長對為何被臨時取消記者採訪　閃閃躲躲
更不敢談不得非法扣押參展文物
只說：只是館與館　院與院
不敢說國與國
一點政治敏感度都沒有？
是鰉默許被稱臺灣區長的後遺症？
強烈要求臺灣故宮必改名字！

（二〇〇九年二月十四日）

新時代發舊紅包

二十一世紀了
驊區長還到沒血源的苗栗驊家庄發紅包　不去湖南
討紅包的驊迷排隊位置　不合驊握手的快速要求
驊一副臭臉　也不會自己轉個方向
每人只有二秒
半小時發了一千份　其他由鄉長代發
和去年競選時的殷殷　殷殷態度大不同

大權在握　只是應付一下　意思意思
一天趕十八個行程
當選之夜「從謙卑做起」成了　世紀大笑詠

（二〇〇九年一月二十七日）

罄「紙」難書

事情做不好　絕不下臺
搞得好　反而升官。……
不顧弱勢勞工；騜政權挺銀行，銀行挺企業，企業挺勞工
企業自顧不暇；高利率逼卡奴、領高年終……
哀鴻徧野，失業、自殺、凍亡、餓死、……死法翻新
都是「他」騜的「殺」的。
中美合作（註）的騜的□□，…………
罄「紙」難書

（二〇〇九年二月五日。註：馬有美綠卡）

公然搶錢

在金融海嘯不景氣的時候
國民年金硬開辦
低收入門檻提高
四年五千億振興經濟計畫「愁」錢舉債
關稅減半將取消　生活必需品漲聲響起
交通罰則採高額距
連銅管破車零件脫落　也要增罰……
騜政權大搶錢　方便向中國通銀行金融

（二〇〇九年二月十二日）

臺灣的明天

「馬的」（唸閩南語）執政無能，萬業蕭條
發生在親友身上感受更深
某某健康鍋全關　咖啡館四間關三間
竹科放無薪假率七十八%
中小企業關掉五千多家
郭台銘說：景氣比預料壞三倍，今年還沒觸底
聽來令人寒心
國人的明天在那裡？

（二〇〇九年二月十二日）

金同志入壹傳媒

號稱地下騜市長
酷酷嫂也對旗人後代溥聰言聽計從
將擔任中國香港黎肥仔壹週刊集團執行長

黨政軍的巨大陰影又籠罩住媒體了
老k黨的騙術再添一樁
健忘了中時等三中傳奇
臺灣文化價值在騜另一隻手操弄司法
這掌控媒體只是小事一樁？

（二〇〇九年二月十三日）

新貧戶輓歌

花蓮去年低收入戶三千三
今年申請戶近四千
縣府只核准二千一　只因門檻調高了
只因執政績效數字好看
只因核定標準是未金融海嘯前的失業資料

這不只是貧戶的悲歌
全臺灣國十三萬戶浮浮沉沉
駻政權卻對中國鬆綁到不行

（二〇〇九年二月十三日）

又死了一大堆fance

主計處刻意延遲四天公佈上季失業率
已創數十年來新高
支持六三三競選神話的騜迷
基金　股票齊腰斬
「騜英九——救我！我有投票給你——」

被拆屋的先住民也吶喊著；
選前，「我把你們當人看」
已清楚透露中美雙國籍的騜兒心態

一皮天下無難事
那管支持者的死活?!

（二〇〇九年三月三日）

名嘴治國

臺灣近年來多少政客、名嘴喜歡說：
「我實在說……」、「說實在的……」
一而再　再而三強調

這是　在掩飾謊話的潛意識動作，
事實上，後來也證明他說　謊

但一般國人都沒意識到！
健忘是原因之一
無知是其二
一再受騙

（二〇〇九年三月二十二日）

失業者最大？

昨天，便當被飢民偷走，
失主報警處理
警察卻笑說：你太小題大作了。
今天，失業父帶七歲女要求縣長給便當；
不然，他只好去搶便當了
還有失業漢搶超商，大聲嚷：叫警察快來抓我吧！
唉唉……

（二〇〇九年五月一日）

「泛藍欽」事件停不了

「中華民國國父」孫文逝世紀念日
懷疑「是什麼東西」的新聞局駐加拿大祕書郭冠英
化身「范蘭欽」發表一百多篇文字
自稱「高級外省人」；
去年在北京奧運，對臺灣隊喝倒彩，拇指向下，
輸給中國，卻說是「國慶」；
又說「臺灣不是國家」，「是鬼島」；
「臺灣人是臺巴子」；
……，罄竹難書！

范蘭欽，其實暗指「泛藍」都得「欽」佩他
是騹政權新聞史亞平局長破格任用的組長
也是「酷酷嫂」同去見張學良的朋友

二〇〇九年三月十七日十一時多，三立新聞報導的；
但下午就被封鎖了
因為騜「區長」本是ＰＴＴ會長

去年郭撰文污辱陳師孟和金恆煒是宦犬
騜姐以南的黑道朋友張安樂亡命中國
卻命十多個黑衣人護衛郭回國，踹臺灣人
郭的後台也有黑道

網路批罵更多、更旺

（二〇〇九年四月一日）

傾斜謬論

金管會主委陳冲，在美麗島三〇周年紀念日
說美國電影WALL STREET（華爾街）對白：「greed is right」（貪婪無誤），
是有道理的，只要不失控；
對年初歐巴馬譴責財經ＣＥＯ貪婪致釀金融危機，卻說歐言過其實。

他認為人類很懶，
貪婪恰是成長的動力。
這是電影主角傲慢的話語。

陳在十一月某天下班後，
與中共偷偷簽定ＭＯＵ
明年又想簽臺灣國民反對的ＥＣＦＡ
貪婪大大超過華爾街的併購公司

臺灣喪失的是整個國家主權！

（二〇〇九年十二月十三日）

又一個官員賤國

昨天，內政部江宜樺部長
希望「臺灣島上」的人民，
用平常心看待南投籍海基會江炳坤董事長和
中國海協會陳雲林會長的第四度見面
前一次是年初的「中國」黨主席吳伯雄，
到中國輸誠提及「臺灣島內」的用詞
已挨國人強烈批判

江似乎沒得到教訓，
過氣的吳「主席」，今又代表騿「臺灣區長」會見河南外賓訪問團，
致詞：「所有臺灣省的兩千三百萬人民……」
可能直到臺灣國家主權完全喪失，才會罷休。

（二〇〇九年十二月十四日）

喜民心漸醒

有美綠卡，在九龍出生的「臺灣領導人」
媚美更傾中
吃帶骨牛肉有患狂牛症之虞
核准毒奶粉進口、下班後偷簽ＭＯＵ、……
屏東潮州八十九％人反對的ＥＣＦＡ
月底又要硬簽了

花蓮路邊賣米麩的小販，
手歷風霜，心也老實，
口中紮紮實實說：「不可再被　馬　扁　了，那個外國人！」

（二〇一〇年一月三十一日，由花東返臺北途中）

比喻變實指

在中國
溢美別人換來好處　叫拍馬
臺灣又變成被中國殖民
十年前的政壇惡習復活
多少人共捧一個無能騜頭
圍繞他　討好他
拍馬屁的比喻詞　真貼切
古人真前瞻　預知到今日

（二〇一〇年六月五日）

VIP通緝犯劉導

當年劉家昌坑通臺灣國庫的中國黨產三億多
代為洗錢
刊報痛宰宋楚瑜　被宋黨告發通緝到二〇一七年
逃到中國
最近循辜仲諒模式大搖大擺回國扯案情

中國黨始終不吭聲
二小時內趕辦新護照給他回中國香港
所有黨派立委質疑
內政、外交部　我推你諉

背後的大黑手無疑是「騜的」
比劉導演更大
更大隻的陳由豪

今天又在中國蠢蠢欲動了（二〇〇九年三月六日）
今天劉導更宣佈競選二〇一二年總統

（二〇一〇年八月十六日）

先入者為主

騜政權「百年」文告
題名「壯大臺灣，振興中華」
臺灣變成工具
「中華」不是指臺灣民族

「中華民國」建國百年
騜只敢講「精彩一百」；
臺灣高山國數百千年
「臺灣民主國」建於一八九五年
「沒有臺灣，那有中華民國」來託管變佔領？

「讓世界走向臺灣」
不應讓臺灣鎖向中國
玩文字遊戲企圖詐騙的政權　可以休矣！

（二〇一一年一月五日）

徐霞客一會員祝「中華民國百年」

徐霞客降生四百三十四年
地理、地質學成就日益受到重視
陶宗翰、陳應琮夫妻倡設的「臺灣徐霞客研究學會」，才五歲
會員已達五百人
臺灣早在一萬年前昂然獨立於太平洋上
隔著深深的黑水溝
形塑海洋文化，建立海上長城

六十二年前來了避秦亂的中國人，
今在島上慶祝建國百年，精彩一百；
但，面對和平鐘後依然不撤二千飛彈的強敵。
唯有祝願它能繼續保持現狀：不統不獨不武
——不被統、不阻獨、不先武；
被統，學會要被摘除「臺灣」的帽子，變成中國分會，

阻獨，違反國共所謂「九二諒解」，江、陳會可能談不下去，
先武，力不如人，勝負難料。

徐霞客是古明國人
終身不仕，「不知有漢，無論魏晉」，超越政治
他是世界公民、地球村人
最為長壽，令人好生羨慕
也祝臺灣徐學會生日快樂

（二〇一一年八月二十八日）

唬=落，落=唬

昨天歲末
「公民監督國會聯盟」選出去年立院代表字，
是大大的「唬」
恰比「虎」年多張一隻「口」

理由是「立院唬弄人民、立法支票未兌現」
它是由瞎、扯、傀、利、亂等字中出線的
其實眾字半斤八兩，沆瀣一氣

無獨有偶的
「臺灣環境保護聯盟」選出代表臺灣環境字，
怎一個『落』字了得?!
蘇花公路土石崩　落，
民眾　落難

環境評估威信更往下直　落
加上豪大雨　落不停——

中部科學園區不理高等行政法院停工的裁定
原子能委員會坐視臺電違法修改核四廠安全規格
經濟部對太陽能光電躉購政策大轉彎
……
這些種種不是和立院一樣在「唬」弄人民？

可證：唬＝落；落也等於唬！

（二〇一一年一月一日）

思維與啓示

娛樂名人王渝文的雙胞胎
三歲多突然決定：要跟對方不一樣，
連內褲也包含在內，
連幼稚園圍兜兜也不穿。
媽媽嚷：「夠誇張了吧！」

不誇張，不誇張！
天賦「異稟」，
即使大同，有小小異才是特色，
連小小孩都知道；
而制式教育下的大人？國家呢？

（二〇一二年一月二十二日）

國法殺人

大法官六九六號釋憲確定
自來所得稅法，非薪資所得而強迫夫妻合報
違憲！

不符保障婚姻、家庭的意旨
更違租稅公平、憲法平等精神
最慢二年生效；
但既往不咎

國家違憲搶錢已數十年
奈何！

（二〇一二年一月二十二日）

稱呼臺灣

臺灣國前身中華民國與美國　同創聯合國
是常任理事國
一九七一年聯大二七五八號決議文
驅逐的是蔣中正政權的代表
一九七二年美國制定的國內法，叫做：
「（美國與）臺灣（國）關係法」
只有國對國才能立法定約

晚至Obama（歐巴馬）政府Hillary（希拉蕊）國務卿
在二〇一一年一月十一日國會報告中堅稱：
「臺灣並不是中國的一部分」！

二〇一二年一月十九日美國主管亞太事務助卿Kurt Campbell（坎培爾）
要求臺灣國開放牛肉進口，促進雙邊貿易。

二天後蘋果日報讚美說：「罕見稱我『國家』」；其實開放問題美牛進口是自我矮化，大錯特錯！

（二〇一二年一月二十二日）

名乎實乎

轟動一時的政院祕書長林某貪汙
用許多黨國職分　污錢無數
手段粗糙　狐假虎威　嘴臉猙獰
父母連帶被告
其人名叫「益世」；已不被承認是我「林」家人
益世，益世，漢字意指：利益人類
哎呀！天佮地　為何差這麼多?!

（二〇一二年七月十一日）

運命的轉折

叫taxi進入豪宅載退役將領
為了安全也秀出虛榮
在騜政權下的臺灣二〇一二寒冬
無視於豪宅周邊的貧民區、
被剝幾層皮的運將
騜區長一味的傾中送臺

臺民火——大，火——大，火——更 大
只等二〇一三，一一三包圍總統府
只等五二〇連任屆滿周年，即可
罷騜下臺！
臺灣人要出頭天。

（二〇一二年十二月十七日）

臺灣民族出頭天

明鄭、荷蘭、滿清、中華民國
四百年間　一島「八百主」
剝削、虐待、酷刑、凌遲、……
暝哪會這麼長？

負重、忍辱、閃避、反擊、……
隧道再長也有盡頭

反省、集力、建設、創新、……
天色漸漸光

合情、理性、團結、超越、……
終能執持世界的牛耳

（二〇一五年七月十六日，臺東往礁溪普悠瑪車上）

卷四、對・年・少

多年前，在臺大法學院會議廳，曾聽到葉石濤先生感嘆臺灣迄未出現思想家，產出臺灣真正的、特出的偉大思想。從那以後，我一直在找尋臺灣的思想家，研讀前人的相關著作，企圖推翻葉老的這一說法。

另一方面，也看到臺灣各方面都在面臨巨變中，傳統可取的部分，有沒有被延續下來？面對速變的時代、社會情勢，有沒有適切而有智慧的因應？而民主腳步快速前進、電腦文明加快e化的潮流中，人類生存於其間，到底何去何從？這些種種，都衝擊著我們。

因為國語日報「燈塔」、臺灣時報「與青少年談心」等專欄，乃至臺北市新聞局《臺北雙週刊》的約稿，以及其他場合，時時刺激著我面對心靈的安頓、社會國家的現象，以及全民價值觀的建構等等，提出若干個人思考的淺見。離「思想」尚遠，但喜自己在教學之餘，成為關懷國家社會的一分子，盡一份心力。主要是面對年輕族群，如何幫助他們成長，以後承接得更順利、進步而有所開展：這也是我們這輩人的責任。

這五十多篇文字，分為食衣住行、育、樂三大類。育方面，小我個人的相關部分放前，大我群體的教養、教育置後：代表一己對人、對事的關心。衣食、行、樂方面的篇章不多，因為與年輕族關係較遠。

身為教育工作者，也不止發揮學校課堂上、校園中，才能吸收、消化的教育心與教育愛，要走出校門，進到社會人群中，去看看時代的變貌，提出具有思想性的見地，才不枉為「人類靈魂的工程師」。而盡一己棉薄的力量，庶幾心安。

本卷中，特別要提出的篇章是：起早寫日記、少女也瘋狂、尋找喜愛的字、始終如一最落伍、統整看事情、看清草地再放牛、假如有了投票權等七篇，行文時特別用心用力，針對年輕族的相關想法的建立，苦口婆心，三致其意。

你我摯愛的土地，其生存條件距離我們的理想尚遠；即使個人的安身立命、追求心神的永恆自在，也仍在大家的尋覓、設計與構築之中。國人同胞：且參考筆者所貢獻的一得之愚，走穩你的人生之路吧！

第一口檳榔

每當選舉時節到來，如果候選人免費請你吃口檳榔，你接受嗎？我是絕對不吃的！不只因為它有受賄的嫌疑，而是要遠離口腔癌！臺大醫院韓良俊牙醫師說：

「常嚼檳榔會使牙齒變黑、磨損、動搖和牙齦退縮，而形成牙周病。不僅如此，更可怕的是造成白斑症、口腔黏膜下纖維化變硬無彈性，最後根本無法開合，死路一條！」

近年，臺灣地區男性十大癌症死因，口腔癌躍居第六位，怪可怕的！檳榔早已成為臺灣第二大農作物，種植總面積超過三個高雄市。衛生署統計紅唇族有二百四十萬人以上，而且年齡層越來越降低。每天消耗六千五百萬顆，一年兩億兩千萬顆，「垃圾」數量之龐大，震撼了全世界！

說它是「垃圾」一點也不為過：種植這種含水功能低，無法截阻雨水的植物，造成水土流失；一九九六年賀伯颱風土石流的慘狀，它也是劊子手之一！據統計，全國約五萬五千公頃的檳榔園，因而無法蓄留的水量高達二十五億公噸，約為十座石門水庫大，這又是一個令人怵目和心疼的統計數字！

檳榔對人體的危害、山坡地的浩劫，罪證確鑿；但許多人「不見棺材不流淚」，依然故我；甚至像香煙、酒一樣，以為請人吃、勸人嚼，才夠朋友。那一天，可能突然有人硬塞給你一口檳榔，你怎麼辦？吃是不吃？

當機立斷，出手拒絕吧！韓醫師強調：不嚼檳榔者發生口腔癌的機率是「0」；發生口腔癌的，百分之百都是紅唇族！沒吃檳榔的：不要好奇嚐第一口，它是會上癮的！吃檳榔的：痛下決心戒掉，遠離口腔癌吧！尤其青少年前景無限，絕對不要和無形殺手「有交陪」，你的人生才是彩色的。

（一九九七年十一月十二日，國語日報）

垃圾食物

幾個月來，好像傳染病似的，青少年犯罪事件頻傳，令人痛心。像一九九七年十月二十一日深夜，臺北樹林鎮發生十三個來自新莊的青少年結夥尋仇；但，等不到仇家，不甘無功而返，就隨便攔下剛好路過的兩名少年，加以圍毆，導致一死一傷。而使用的凶器有西瓜刀三把、彈簧刀一把、削尖鐵管一支和球棒兩支等，都可以置人於死地。受害者只是過路人，和他們無冤無仇，真是太豈有此理了！

「蕃薯倪兒哪會變安呢？」除了外在許多因素之外，有人研究出它和飲食有關；因為現代青少年自小常吃含有大量人工色素、防腐劑和糖分等的東西，如：麵包、速食麵、漢堡和清涼飲料等。

美國舊金山凱撒永久醫療中心的范葛德醫生，認為青少年易怒、好動和學習障礙等，都與垃圾食物的大量攝取有關；因為添加合成化學物質的食物，日積月累，必傷害人的腦神經，以致運動過剩、慌張、衝動性反抗、騷擾同伴、耐心差、缺乏集中力、喜作有害自身安全的行為、智力高但成績差等等。可見營養與犯罪是有關係的，不能全怪青少年的意志力薄弱或心理變態等。

今後要對症下藥，除了在思想、觀念等心理層面，持續給予教育、輔導和諮商之外，正本清源，事半功倍的方法，是青少年本身及提供食物的家長，要多了解、多注意飲食內涵，五穀、肉、魚、豆、蛋、奶類、蔬菜、水果和礦物質等的食物，要均衡攝取，不可偏食；尤其最好不碰垃圾食物，也不可暴飲暴食。

日本岩手大學名譽教授大澤博，也曾研究少年感化院學生攝取含糖量太高的食物，導致內分泌出現攻擊荷爾蒙的「低血糖症」。此症令人回想起一九七八年，殺害舊金山市長的兇手，就是犯了低血糖症，一時導致神經錯亂而下手的。

能這樣由營養、心理、教育等多管齊下，青少年必可安度人生的狂飆期，而不致斷送大好的前程。

家，可愛

報載青少年對家庭有所抱怨；他們怨嘆的理由，依序是：收入不夠、居住環境不好、家人身體欠佳、不明原因的不快樂，以及代溝。

這些理由，其實都不成其為理由。總的來說，只要你看到或能體會出無家，或有家歸不得的可憐，你就不可能發出什麼怨嘆了。這需要心智成熟，了解父母親持家的不易；具有孝心，多主動和他們親近；並且苦中作樂；了解環境越不好，越能磨練我們成材成器。

建立理想的家庭，客觀條件很多，那一位父母不巴望「家庭收入」好、「居住環境」改善呢？「家人身體差」，也是不得已，誰願意或故意生病？而自己「不明原因的不快樂」，可能是青少年期正常的現象：可以找出原因的，就對症下藥；找不出的，就曠達些，設法忘記它的存在。等時間一過，身心都成長了，自然會走出這種心理的陰霾。

至於「代溝」，其實家庭主情，親子之情是天下最真純可貴的，一情足以化解多少的不了解！多主動接近，多暢談，哪有代溝存在？爸爸不回家吃晚餐，你就到公司去找他吧！最怕是自己先入為主，以為父母不再愛我，閉口不談自己的心事，那神仙也無法了解你。

無家多可憐！有家就可愛。身為家庭的一分子，你也有一份責任！

價值連城的紀錄

一個人的成長，說容易很容易；要說難嘛，有時也實在很困難。但是，不管是困難或容易，都是很可貴的；尤其是成長最快速的兒童少年時期。人生只有一次的青春年少；它可能每天有新的變動、發展或進步，所以，更顯得珍貴。

由於年少時光的可貴，兒童少年所做所想的事、所說的話語，大都值得記錄下來。等你（妳）有一天長大了，要回味從前這一段成長的過程，就得靠當年的「紀錄」，才能呈現。

記錄自己成長的軌跡，方法很多。例如：寫日記、摘記大事、寫活動綱要、拍照、作傳記文字等等。這些有形無形的紀錄，都得記上日期。

當然，最好的方法是寫日記，把自己每天所作所為、所思所言的，儘量傾吐在日記本上。長久下來，就留下你成長的軌跡，也是你生命史上最原始而真實的資料了。其價無價，價值連城！

起早寫日記

全世界寫日記的人，大都在晚上，甚至就寢前寫，來反省一天裡的所作所為。雖然寫時，多能詳細而深切的檢討；如有缺點，也在日記本上信誓旦旦的說：明天一定改正，不再犯錯！

但是，一覺醒來，急急忙忙的刷牙、吃早餐，然後上學、工作去，昨晚的反省與檢討，多半忘了，往往又重複昨天以前的錯誤；晚上再來懊悔、檢討、立誓。這樣的循環，喪失了寫日記的意義。

為了改善上述的弊病，可以改在第二天早上來寫昨天的日記。經過一夜的淘洗，昨天比較浮面、無關緊要的言行內容，多可去掉，只留下比較重要、值得保存、記錄的三兩件事，將它們記下來。如有缺點，記完後印象深刻，當天不再違犯；久而久之，缺點必定越來越少，達到寫日記的目的。

何況每天養成早起的習慣，更是額外的一種收穫，何樂而不為呢？

人要有脫俗的想法，才有超越前人的作法。早起寫日記，就是一種脫俗的行為，對我們有益無害，何妨試驗看看呢？

（一九九五年十二月一日，國語日報）

小孩生小小孩

一九九七年十月二十三日，新聞報導花蓮某國中十四歲女生產後棄屍的疑案。同一天，臺灣日報「墮胎的故事」欄，也有護士悠悠小姐撰文〈十五歲女生的第四次〉；作者問小女生：為什麼不避孕？她回答：因為他們有的不願意戴套子。

小小年紀就懷孕生子，看著血淋淋的、活生生的生命，非但沒有初為人母的喜悅，反而驚惶失措，不知如何是好。無知者更是殺嬰棄屍，成了人倫大悲劇，犯罪違法而不自知。不是我們衛道，反對小孩生小小孩，實有下列三大理由：

一是年少男女身體發育尚未成熟，就要孕育小生命；小生命不會很健康，早產、營養不良、畸形、白癡等等情況，都可能發生，一輩子增加各方面的負擔。

二是小父母沒有心理準備接受小生命、恐懼受到指責，更沒有知識、能力養育，於是若干人倫悲劇就產生了。情何以堪！

三是年少男女情竇初開，但對性知識卻一知半解，遑論育兒養家了！只憑一時生理衝動，肚子一天天大，卻以為長瘤，照樣奔跑打鬧；也有的穿著寬衣掩飾、……，種種不一而足，令人可憐又可嘆。

青少年男女交往，絕對不要在兩人單獨共處的隱密空間。平日相約互勉，在學業、才藝、興趣、嗜好和經濟等等方面，全力以赴。

等身心成熟，有能力成家時，再迎接小生命的到來；這樣，不是可以過著幸福美滿的生活嗎？

少女也瘋狂V.S.淑女教育

小男孩可愛，小女孩兒尤其可人，試看她們那紅咚咚的小臉蛋、稚氣的笑容、……。但曾幾何時，她們卻由「最美的天使」，變成「犯罪的魔女」，怎不令人痛心呢？

我國第一部『青少年白皮書』，揭示青少年犯罪逐漸低齡化；他們希求不正當的享樂和高消費。其中，少女墮落犯罪的因素，固然也有與其他青少男相近似的地方；但是，早年為什麼少女卻很少犯罪呢？值得吾人深思。

其原因固然很多，但是近年「女性逐漸男性化」，是一個重要因素，也是一大隱憂。過去女子的角色、教育和女性風格等，逐漸被忽視、淡忘，甚至厭棄；相反的，近年她們要爭取女權，鼓吹女強人的角色，總是要向男性看齊。

爭取這些，其實並沒有錯；錯的是不可因此丟掉女性所獨具的溫婉、優美而善良的內在德操、氣質啊。「惡質男性化」影響所及，連少女也無法倖免。她們尚未能完全分辨社會大染缸裏的青紅皂白，盲目的認同社會給予的價值觀；但是，另一方面，她們又還未脫稚氣，天真、好幻想，於是人小鬼大，冒險試法，被逮捕了！等她們猛然醒覺，才知自己原是女兒身，但為時已晚！

今後，改變家庭、學校、社會的女子教育方式，恢復昔日的「淑女教育」。將淑女教育的觀點，轉化為時代女子教育的內涵；要特重內在女性特質的陶養，讓女人永遠像女人，發揮女性獨特的一面，不要變成男性化的女人。這樣，相信不久將可根本解決少女犯罪的危機。

兩唇含一舌

日本有一句諺語說：「一句親切之言，三冬溫暖。」中國古語也說：「好言難得三冬暖，惡語傷人六月寒。」都在告訴人要有愛心，說話態度得親切。中國這一句涵義類似的俗話：「送玫瑰的人，手有餘香。」把美和芬芳送給別人，自己也會有美好的回報。一個是「說話」，一個是「行為」，異曲同工，都是吾人的座右銘。

尤其是說話，最需要我們加倍注意，臺灣也有句諺語說：

「一個嘴含著一個舌，說白是伊（它），說黑也是伊。」

說黑道白，顛倒是非，只在人的一張嘴，多麼可怕呀！古代有位高僧曾統計人們說話時的不當態度和措詞，有下述十二大類：

話多

嘴太快

愛插嘴

誇口說大話
打斷談話
自己不懂卻想教導人
話太長
嘴硬
明知錯誤還堅持
輕諾
阿諛諂媚和固執己見

人非聖賢，多多少少都會犯上述的毛病。今後即知即行，學習孔丘的「時，然後言」；再加上要求簡潔、不傷害他人，並積極的溫言相對——勉勵加關懷；相信人非草木，也不是鐵石，一定沒有不被感動的。

（一九九六年五月二日，國語日報）

說話的姿勢

說話人人會，問題是說得怎麼樣，有沒有達到表達情意的目的？而說話就說話嘛，它和姿勢又有什麼相干呢？

因為從一個人說話的姿勢，可以判斷他的性格，例如：

一面說一面搖頭的人，可能患有血管疾病，性格上有不安定感，遇事心猿意馬，難有成就；

歪著脖子說話的人，性格上較屬陰沉，不易受到別人的信任；

而沒什麼事卻大驚小怪的人，心中藏不住祕密，易被人利用。……

言語本來就是心聲的表露，現在又加上說話的姿勢如果不注意，就會把內在不想讓人知道的祕密，洩漏出來，可能產生不良的後果。

因此，說話時固然要明晰、正確、有感情、親切而柔和；但，也需要注意姿勢，可帶著微笑，不疾不徐。這樣，人緣一定很好，會帶給你很多的快樂；何樂而不為？

升級版的感謝

每每聽到某大宗教人士說出：「感恩喔！」那說者誠摯的態度和語氣，是臺灣最美的一幅風景；聽起來，他們心中所要表達的，好像比用「感謝喔」、「多謝」、「謝謝」、「承蒙您」，更上一層樓，似乎有更深的情意。

「感恩」的用語是怎麼來的呢？從文字學上來探究，筆者以為恩，从心，从姻，姻省聲。「姻省聲」，是說用「姻」字作聲符但把「女」字旁省略。字義仍與「姻」字有關。而姻，是由於結婚關係而產生的字。婚姻是二位原不相干的男女，由於感情、志同道合等等因緣而結合，是多隆重而歡喜的一件大事。

因此，由「恩」字所衍生的字義，都有非凡的意義，如：父母恩情較大天、恩愛逾恆、點滴之恩湧泉以報、感恩喔、……。

至於謝字，从言，射聲。本義是「辭去」（東漢國．許慎『說文解字』說），也就是辭謝不接受之意；後來擴大為拜賜、向人感激說聲謝謝等之意。可見表謝意的作用是引申來的，當然比不上「恩」字的原始含義——所謂原汁原味，那麼深刻有味。

就現代人的感受來說，你向對方說：「感謝喔！」和「感恩喔！」哪一個在對方的心裏會比較有感覺？不言而喻。總之，感恩可說是升級版的感謝。「感恩喔！」人人可常說，並不只限於教徒啊。

（二〇一五年六月一五日）

知識、智慧大不同

人類的尤其是古人的，幾乎所有的知識、經驗，甚至智慧，都已經寫入書裡、平面媒體裏。我們讀書，正確而深入的去了解它，在短短的時間內，就可以得到寶貴的東西。

但是，如果讀書不求甚解，光了解表面意義，或斷章取義；那麼，前人再有智慧的話語，也會被人誤解，或是棄之如敝屣，那多冤枉，多可惜！例如：胡適之說：

「發表是吸收的利器」

這是一句含藏智慧的話語，表面意思是勉勵我們多發表；但骨子裡，是主張若要發表傑出的文章就得多學習，多「吸收」，才有好的、自己覺得可取的東西加以「發表」。「發表」是這話中的手段，「吸收」才是說話的目的。先有吸收，才有咀嚼、融會貫通後的創新發表。

讀書不求甚解的人卻反駁說：「吸收才是發表的利器」。吸收當然是發表的利器，這是人人能懂的「知識」，不算有深度的「智慧」。

我們不論讀什麼書，都希望能求甚解，深入了解其中的知識、言外之意、智慧、哲理；進而也多說出有智慧的哲言、寫出有深度的妙文。

自修文學

兒童是天生的文學家，對直覺性、文學性和形象性的作品，特別感興趣，學習起來也特別具有成效；因此，國內、外很多學者，主張小學應該實施純粹的文學教育。一個人要學文學，也要從童年時打好基礎。

文學可以變化一個人的氣質，活潑他的想像力，促進精神生活，以至提升他的人格境界。可是，今天小學國語課文（應改為「文學課文」）的文學層次太低，只能算是一篇篇的文章，文學質素、品味不足。所以，學童在課餘之暇，要多多閱讀兒童少年文學各類作品，來彌補課內的不足，才能增進此後人生的文學素養。

飽覽古、今、臺、外一流的各類兒童少年文學讀物，對兒童少年具有一輩子的影響。美國偉大作家馬克吐溫曾說：「人生只有一次的童年」；這唯一的童年，一定不能虛度，一定要多接觸文學！

（一九九四年八月十一日，國語日報）

讀書三大用

英國文學、哲學家法蘭西斯・培根說：

「辯論使人機智；寫作使人精辨；讀書使人淵博。」

這三句話談了三件事，每句都說得很正確，很有見地。但是，它們之間有沒有關連？又以那一句為重心？

「讀書」是這三者的重心。讀書使人知識淵深而博大，不致孤陋寡聞。一個人有了淵博的學問基礎，就可以在口頭上和他人「辯論」是非，機智的把學問表現在真理的探討研究上，使真理愈辯愈明；畢竟人人都要服膺真理。

而且當他提起筆來，也能「寫作」，寫出精明辨析的文字，表現他的感情或思想，留傳久遠，影響更多的人。

讀書對個人和世界人類，都很重要。終身多讀書，才能坐而寫，立而言；寫出好文章，道出好言論，幫助個人以至世界的發展。

（一九九四年四月十九日，國語日報）

讀好書的妙方

有許多年輕族心有不甘的問，我每天都很用功，為什麼效果平平？某某人不怎麼認真，為什麼成績總是那麼好？

關鍵就在人家讀書得法，能夠事半功倍。增強讀書效果的方法是什麼？因人而異；但，省時省力的原則，有：

抓住事物的要點，注意它的「新（新出現的）異（與同類事物不同之處）性」

創造最佳的讀書環境

經常復習

集體讀書，相互討論

讀了就想，想了再讀

此外，要知道讀書是一輩子的事，終身學習，時刻用心學習；不是在學時才讀書。讀書是需要落實到生活言行上的；因此，要多實踐，從實踐獲得經驗，來驗證所讀所學的是不是可取？

讀書不只在增加知識，更在學習做人，完成高超偉大的人格修養。

所以，讀書固然要講求方法，希望事半功倍；但是，如果你能將書本上的知識化為行動，提升你的人品操守，即使學問增加得不比別人多，你還是成功的。

尋找喜愛的字

一般臺灣人生活上使用漢語漢字；漢字多達六萬多個（二〇一〇年版『漢語大字典』六〇三七〇個），每個字都有其義、音、形。有人喜歡它的形，有人愛它的音或義；或者其中兩項，更有人對三項都很滿意的。

各人的愛好不同，也各有其理由；但，最好是具有深刻的意義和深遠價值的字。例如：日本寺院每年年終，都會用一個漢字，來總括那一年的現象或情況。

又如：「甦」字，形、義都指「更生」，絕處逢生，死而復活。它更可以泛指捲土重來、柳暗花明又一村之意；也可以想像成：乾旱到了極點，忽然一聲響雷，甘霖普降，萬物又再度欣然。或像：心已如槁木，萬念俱灰時，忽然來個頓悟，生趣滋發創新。總之，是走出陰霾，走出黑暗！只要這個「甦」字一出現，就可以給人們新生的力量，克服萬難，迎向更富生機、活力的未來。

你不妨去找一個你喜愛的字，一生接受它的啟示吧！

（一九九四年十二月六日，國語日報）

堅持的腳步

有些在學的年輕族，第一次段考成績很好，第二次就不行了；或者二年級功課很好，三年級就變了。其中的原因很多，因人而異，但是，不外主、客觀兩大因素。

出於個人主觀的原因：或虎頭蛇尾，缺乏耐心與毅力；或見異思遷，分心旁騖，所謂「歧路亡羊」。……這些都必需深切檢討，設法改善。它是操之在己；絕對可以對症下藥，力圖振作，再造佳績的。

好逸惡勞，是人的通病。青少年人因為年紀輕的關係，往往只有三分鐘熱度，沒耐性，稍遇困難就打退堂鼓，半途而廢，真是可惜！

大至人生，小至做一件舉手之勞的事，都是個人主觀可掌握的事，一步一腳印，從頭到尾把它完成了，才叫「成功」。成功的甜美果實，是永遠結在努力後的盡頭。

至於客觀因素，那是操之在他人、他物、他事上，也是可以找出原因來加以克服的。……

小種籽大力士

在水泥牆腳、瓦礫堆或柏油路縫隙間，曲曲折折地冒生出小草；綠意盎然的，還開出了小花呢，真叫人驚奇！

在最差的生存空間、最不可能的條件下，卻展現這樣的奇蹟，是由於種籽生命力的強大。世界萬物之中，力氣最大的，是植物的種籽！

早期的生理學家和解剖學者，想把緊密結合的頭蓋骨分開，用盡了各種方法，都不能成功。後來，他們看到石塊上的小草，啟發他們把種籽放在頭蓋骨裏，調配適合的溫、濕度，使種籽發芽。小兵立大功，種籽輕易的把頭蓋骨分開了！

種籽發芽茁長的力量，是一種長期奮戰的力量，有彈性，有韌性，不達目的絕不中止！

我們人人都是年輕人，天天都來得及；不要小看自己，石塊雖硬，牆頭上只要有一點點生根發芽的條件，小草終究會長出來！根往土裏鑽。

且讓我們來做粒小種籽，長根草吧！

孤獨有妙用

人類是合群的動物，喜歡熱鬧；因此，社會心理學家告訴我們：許多人，尤其是年輕族，常常受不了孤獨，而去尋找刺激；一不小心，或由於外界的誘惑太大、太多，就誤入了歧途。如果他們能對症下藥，了解孤獨，欣賞孤獨，進而喜愛孤獨，就可以免除很多社會不幸事件。

我們要知道：你的周圍越喧鬧，就越看不到自己；你所獲得的喝彩聲愈多，就愈容易迷失自己。最理想的是：能熱鬧時熱鬧，該孤獨時孤獨；或是：熱鬧時不迷失，孤獨時不消沉。

但是，這不容易；所以，我們只有學會孤獨，不怕孤獨，即使永遠孤獨又何妨？美國作家梭羅，就是因為獨居華爾騰湖畔，而寫出膾炙人口的名著『湖濱散記』！還有像康德等多少偉大哲學家，在「無聲」、「寡居」的日子裡，才寫出了曠世的思想傑作！

在生活中，喧擾、瞎起鬨的人群少了，好學寡言的知友就多，終日與他們交往，又怎會感到寂寞呢？試著喜愛孤獨吧！它，是能把你從擾嚷的世界中找回來，並且使你的心智清明如水的益友。

突破能力的極限

人的潛力無限，它有時候實在令人難以置信；例如：兩三歲的幼兒就會利用電話求援，免於親人的死亡；五歲的幼童在寒冷的冬夜，跑到幾十里外找人去拯救凍僵的父親。這些，都是世上曾發生的報導。所以，心理學家認為，大多數人能做得比目前的最高標準，還要高出百分之五十，甚至更高。突破能力的極限，發揮最大的潛力，就是所謂的「精益求精」。

如何發揮潛能，精益求精？首先，在觀念上要全力追求卓越；凡事不做則已，要做，就把它做得盡善盡美！這樣堅持下去，哪有做不好，做不成功的事呢？

其次，就是遇到任何困難時，也要無所畏懼的面對它，想盡各種辦法來加以克服。辦法是人想出來的；相信自己有辦法解決，並且努力的去找尋辦法。要常告訴自己：過去，我渡過了那一個個難關；今天，我自然也可以克服這一次的挑戰。這是肯定潛能，發揮潛能的不二法門。

發揮潛能，締造更大的成就，形成了可貴的經驗；對於下一次的挑戰，會更具信心與勇氣。這樣，累積、循環、遞進，使自己邁向更高、更大、更遠的境界。

（一九九四年十二月二十日，國語日報）

多做與不貳過

人，每天一睜開眼睛，就要面對大大小小、許許多多的事情。大部分我們都會做得很好；但是，難免有些做得不滿意，甚至做錯了，很令人氣惱，失去信心。

且不要這麼容易就被逆境打倒，中國古哲老子曾說：

「行者常至，為者常成。」

意思就是要我們只管去做，埋頭苦幹，努力從事，終有成功的一天。英國大哲學家赫胥黎不是也曾說過：

「越多做，我們越做得多。」

越做得多，離成功就更接近一步！

話又說回來，錯誤雖然不要太在意，但，我們也要有個不重蹈覆轍的自我要求，因為老是犯同樣的錯誤，不僅不能成功，而且更證明自己的懶惰。不檢討，不求進步：這是不可原諒的。

美國鋼鐵大王卡內基，在發掘斯華勒的卓越才能，請他擔任公司的總經理時，對他說：

「你能犯多少錯，儘管犯，都不成問題；但是，你可要記住：同樣的錯誤，絕對不要再犯第二次！」

前半句要人「多做」，後半句就是要人絕對避免「貳過」。

（一九九五年十月三日，國語日報）

立志摘到星

每個人都要面對生活；生活中許許多多的瑣事，常會浪費我們的時間，消磨我們的精力，使我們不能專心全力去追尋我們的理想。

有一首詩說：

「在夏日晴朗的夜晚，
我仰望天空閃爍的星星，
在心底，我許下一個摘星的志願，
囂塵的煩瑣，再也不會使我那麼的介意。」

摘星，象徵理想目標的追尋。只要你專心去追求理想目標，心有所主；那麼，這一目標以外的繁瑣事物，很容易變得不重要，而可加以簡化，甚至擺脫，不再會使你耿耿於懷。

理想目標距離高遠，和一般容易達成的目標不同；但是，只要我們研定出實踐「摘星夢」的步驟，一步步的走下去，終有到達的一天！

即使最後沒有如願，那也總比完全沒有去嘗試、得不到經驗、體會不出失敗的教訓，要強些；何況一步一腳印，隨時修正自己的步伐或方向，沒有不如願以償，美夢成真的！

游出自己的水路

閒看鴨子游水，大鴨子游出的漣漪面積大，小鴨子的面積小。但是，不論面積大小，漣漪都很美；每隻下水游到對岸的鴨子，也都游出自己的路。

你聽說過小鴨子羨慕大鴨子嗎？

人也是如此，年輕人有年輕人的好條件；但，也有所侷限。而年輕族中，各人的情況又各自不同；所以，只要盡其在我，發揮個人的所有，做自己該做的，就可以心安理得，對得起良心了。

「人比人，氣死人」

光羨慕別人，就沒有自己了。對自己都沒信心，未來的路怎麼走下去呢？

腳踏實地！像鴨子一般，游出自己的水路，那不論做甚麼事，成果如何？都將是很美好的。

開拓眼界

「不畏浮雲遮望眼，
只緣身在最高層。」
（北宋國・王安石〈登飛來峰〉詩）

人爬得越高，望得越遠。登高一定可以望遠。

我們的視野如果開闊，觀念導正，信心也增加了；這樣，做什麼事都容易成功，孔子所說的「登泰山而小天下」、孟子的「觀於海者難為水」，就是很顯著的例子。

在人的一生中，開拓眼界，是一個極重要的學習項目。眼界寬闊遠大，無事不成辦，無事不做得盡善盡美；否則，處處碰壁，觀念落伍，每每遭社會、團體淘汰。

開拓眼界的方法很多，由書上吸收前人遺產、行萬里路親身閱歷，或由做中學習，得到觸類旁通的廣博經驗等等，均是。

永遠保持一顆學習的心，向更高、更遠、更大的境地邁進，視野自然遼闊！

秒秒必爭

從前，法國有座森林中的軍營失火了，波及很廣。等大火被滅熄之後，黎奧地將軍去視察受災情形。他立刻指示部下該重新種植柏樹；但，部下報告他：

「種柏樹需要二千年方能成材！」

黎奧地將軍說：

「那我們一分鐘也不能浪費，現在立刻種植！」

這是秒秒必爭的典型例子。

時間的腳步，秒秒分分的往前移，永遠不止息。

一個人的時間，尤其是年少的韶光，更加可貴。只是一般少年人多半意識不到這個真理，要是沒有家長的要求或老師的督促，往往無法自動自發，持之以恆的去學習、去生活；人生中最珍貴的時光，就在無謂的追求中虛度了！

想想，什麼知識不是一點一滴累積的呢？什麼能力，不是時時刻刻去學習來的呢？能了解這個，就明白為什麼要秒秒必爭了。假設自己下一分鐘、下一秒鐘，就要離開人間，你就會爭取這前一分鐘、前一秒鐘的珍貴時光！

（一九九四年九月十五日，國語日報）

始終如一最落伍

日本國明治維新功臣之一的坂本龍馬，常常和朋友西鄉隆盛長談；但是，同樣一件事或觀念，坂本每次所談的內容都有些不同，使西鄉無所適從。

有一回，西鄉憋不住了，就質問他：

「前天，你所說的內容和今天又不一樣，所以你說的話我不大敢相信。你是天下有名望的人，受到了大家的尊敬，應該有不變的信念才行啊。」

坂本聽了，並不生氣，告訴西鄉說：

「不，絕對不是這樣！時間不停流轉，各種情勢也天天在變化，昨天是對的，到今天可能就不對了。對一件事物一旦認為是這樣，就從頭到尾遵守到底，將來一定會變成時代的落伍者！」

坂本說得好，地球既然分分秒秒的在轉動，我們人類的一切也不得不隨著調整，只要趨向更美、更好的境地，就是進步。

十全十美的神話

西方有一則很好玩的故事說：

「有一群小動物聚在一塊兒，彼此羨慕對方的特異功能，而抱怨自己的缺點；因此，牠們決定成立一個通才訓練班，課程包括：賽跑、游泳……等等。但是到了最後，卻無法舉行結業典禮，因為小白兔賽跑雖然得了第一，但一上游泳課就全身發抖，無法下水，成績是零鴨蛋；而小鴨子呢？游泳最拿手，但爬樹和飛翔就沒戲唱了。其他像小麻雀、小松鼠等動物，也各有所長和所短。大家好像進了集中營，覺得好痛苦！」

後來，牠們終於悟出了一個道理，那就是世間難有十全十美的；這樣，大家終於又恢復往日的活潑和快樂。

這個故事可以歸結到一句話：

「天生我材必有用」。

人人要肯定自己，不要做無謂的比較。而自我肯定的方法，是要面對自己，接納自己，並開放心胸；也要自我控制和把握現在：這樣子，必能發揮所長，盡己所能，為人類做出貢獻。能實現自我，完成自我，那將是人生最快樂的一件事！

污泥與太陽

兩個人從同一牢房向外看，某甲低頭看了污泥，某乙抬頭看到了太陽。

看到太陽的某乙是個樂觀者。樂觀者可以從災難中看到機會與光明；相反的，悲觀的人在機會與光明中，卻看到了災難。

觀念上兩極，行事的結果也會兩極。我們人人所要培養的，是樂觀的心靈。人生永遠不覺得短，前途無量，即使是在最艱困的環境裡，也應該抬頭去看太陽、星星，或月亮，而不該低頭去看污泥！

樂觀的心靈，總易化為前進的力量，迎向成功的未來。

星座，好吔

有人非常相信星座等預言，甚至迷信它可以消災解厄，逢凶化吉；因而坐等時間溜逝，而不大盡人事，努力去克服困難。結果，並不如星座所預言的，而悔不當初。

其實，古今臺外任何預言都不完全可靠，像血型、生肖、星座等等，都不可以太迷信它們。面對它們，只有一個原則是百利而無一害的，那就是：對於預言好的，不可驕傲，躊躇滿志，不去努力盡人事；也就是說，不可完全相信，仍要努力奮發。

而對於它預測出的可能災厄呢？寧可信其有，而事先作周密的防範。這對個人並沒有什麼損失，它讓我們穩紮穩打，步步小心，避免不必要的傷害，何樂而不為呢？

吾人了解星座，注意星座，是件好事；不過，不宜太迷信，要用其長，捨其短。這樣，才是正確的星座態度，對自己的生活及未來，也才有幫助。

持續者有明天

常見蝸牛爬到牆脊上、小樹上，慢吞吞的蠕行著。怎麼可以爬得那麼高呢？那麼遠呢？因為長時間持續的進行！

持續的努力，是改變一個人或做事成功的祕訣。愛因斯坦讀小學時的成績，父親看了就傷心，老師也說他智力遲鈍，老是糊裡糊塗的做夢。愛迪生的老師們一致認為他是低能兒，把他開除了！另外，牛頓的舅舅也說他是個無所事事的大廢物！

他們小時候表現不突出，為什麼最後能夠出人頭地？且聽聽愛迪生是怎麼說的：

「成功，是一分天才，加上九十九分努力！」

九十九分，不僅指用的力氣多，也指長時間持續的努力，不半途而廢！

（一九九六年三月八日，國語日報）

統整看事情

我們每天都要面對種種事情。小事情很容易處理；比較重大的事情，除了要冷靜面對以外，就是要多方面的思考；採取最好、最可行的方法解決：有時需要逆向思考，有時用類推法，有時，則非用「統整法」不可！

所謂「統整」，就是把一般人認為對立的事情統合起來，當作一件事情來看；因此，可以看出它們的關係是很近似的。

例如：休閒和工作，一般人都以為是相反的兩件事，會互相干擾；但是，如果你把它們統合起來，其實它們只是一件事，都是一種「過程」。它們的「目的」，只有一個：就是在增進人的身心健康和生活樂趣。

又譬如：年輕族常認為讀教科書很苦；但是，只要你在閱讀時，不要把它們當作教科書或考試升學用書，而是把它們和一般有趣的課外書統合起來，用輕鬆的心情去讀，純粹為讀書而讀書，不為其他，就可以獲得許多的樂趣。

（一九九六年三月二十一日，國語日報）

錯失之後的天空

每個人都在追求進步、成功；但往往得到的，卻是失敗，多掃興！特別是年輕族在個人方面的條件，都還不成熟、不太夠，錯誤、失敗難免；於是，很多年輕朋友就會覺得人生無聊，沒有成就感。

其實，錯誤、失敗也是一種學習、長進的妙方。西洋教育學家有所謂「嘗試錯誤」的理論，從錯誤中去學習，檢討做法，找出正確的路向，然後再試一次，可能就成功了。而我國也有「自古成功在嘗試」的說法；嘗試什麼呢？就是嘗試錯誤嘛！

我們看一幅很好的字畫，那是書法家、畫家經過多少歲月的努力學習，用過多少墨水、顏料，才練就一身絕技，而有今天的成就。年輕族的身心發展，都在進行，事情做不好沒關係，有的是時間。從錯誤中認真的學習，一定能開創出自己的一片天空來！

到時候，再看看這過程中的錯誤，又算得了什麼呢？

松柏長青的祕訣

外國有一篇散文叫做〈母親最了解我〉，作者寫小時候有一年冬天，和媽媽路過一座森林，只見萬木枯槁，只有松柏依然蒼翠。媽媽問他為什麼？他答不上來。最後媽媽告訴他：

「雪花在松柏樹上太重時，枝椏就彎下，讓雪片掉地；它們就是因為這種不逞強，謙卑肯彎腰的生態，才能適應嚴冬。並且利用雪水滋潤而長綠動人。」

吾人得趁學習力最強的時候，多看多聽，更深入、更廣泛的去探求宇宙、人生永無止盡的真理、學問；學習松柏謙虛應付惡劣環境的精神，才能成大器。

心理學家也告訴我們：

「人們的困擾，不是來自事情的本身，而是來自人們對事情的看法。」

我們要知道人上有人，天外有天，宇宙人生的學問無邊無際。面對宇宙人生的大海，誰還能驕狂得起來吧？

以樹木為師

「我看到，每一棵都過著孤獨的生活，都獨自形成了形態和樹的冠蓋，投下獨特的影子。它們好像是深入山地的隱者和戰士，因為每一棵樹，尤其是矗立在高山上的樹，為了生存和成長，更需要靜默地、執拗地，和風、氣候以及岩石搏鬥。每棵樹都必須支撐自己的重量，必須抓緊大地；因此，它們形成獨特的形態。」

這段話出自德國著名的文學家兼思想家赫曼．赫塞。它主要在描述樹木，尤其是高山上的樹木那種奮鬥不屈的精神。

一般的自然環境時好時壞，何況是本來就惡劣的生活環境呢？但，作為自然的生物，就要面對環境的所有挑戰，才能存活，才能茁長、旺盛。

吾人面對人間的考驗，常捉襟見肘，窮於應付，何況突如其來的自然磨難呢？人，無疑也是生長於自然之中的，面對大自然的磨練，正是無可避免的挑戰！

但，不論自然或人間的挑戰，只要學習樹木的精神，長期鍛練自己不屈不撓的意志，形成獨特傲然的人格特質，就不畏懼何種困難，必能化險為夷，走出自己的一片天！

強出頭的啓示

有一篇童話這麼寫著：有一天，烏龜、蜜蜂、黃鶯和蟬結拜為兄弟，設宴共飲。在酒酣耳熟時，排行最小的蟬，突然出了一道題目，要大家說說一兩句可以自警警人的話來。

老三黃鶯說：「鳥為食亡，人為財死。」大家拍手叫好。

老二蜜蜂說：「採得百花成蜜後，為誰辛苦為誰忙？」

老四蟬早已胸有成竹，說：「金風未動蟬先覺，暗送無常死不知。」

一個比一個說得好，終於輪到烏龜老大了。他一時腦袋空空，不知說什麼才好，急得把頭伸出殼外，正巧被掉落的枯枝打中，靈機一動，說道：

「是非只為多開口，煩惱皆因強出頭。」

烏龜的話風趣中饒富深意，可不是嗎？

人的一生中，難免有若干「強出頭」的衝動和言行，常常傷人又害己。如果遇事能夠三思，說話不那麼衝，知法、講理、重情，並且不好高騖遠，沉穩踏實，一定可以安然的度過任何危機與險境。

陶醉在掌聲裏

一九四七年諾貝爾文學獎得主、法國文豪A・P・G・Gide（安德烈・紀德），在他的名著『地糧』的扉頁上，說：

「忠於所事，徹底表現自我；這樣，才能創造一個絕對不可或缺的你自己來。」

意思是說，一個人要認真做事，全力以赴，才能使自己成為世界頂尖，獨一無二的人物，成就一番偉大的事業。

常見有些人讀書、做事，得到一點小成就，就志得意滿，陶醉在掌聲中，不再追求更卓越的理想；所以，他的成就也就僅止於此，無法登峰造極。正如荷蘭科學家J・P・Vander Waols（瓦爾斯。一八三七－一九二三。獲一九一〇年諾貝爾物理獎）所說的：

「讀書求全知，但一般人一知半解就以全知自居。做事為世造福，而一般人多半小有成就，便從此享福偷懶，不再努力進取。」

要為人所不能為，要創造不世出的偉大成就，除了要具有紀德的那種觀念和努力之外；又須有恆心和毅力，克服百千萬困難，堅定的走下去，假以時日，方可如願以償。

丟心鎖立橋樑

人類有許許多多的發明，都對生活的便利有正面的提升；只有鎖的出現，卻象徵著「封閉」，和代表溝通的「橋樑」恰好相反，阻礙了人際的信任和情感的增進。

有形的鎖已經是這樣的打擊人們，而無形的鎖更是厲害，例如：一副冷冰的臉孔，鎖住了友誼；一顆嫉妒心，鎖住了對他人的關懷，也鎖住了自己快樂的門窗，損失可大了！

法國大文學家Victor, Marie Hugo（雨果，一八〇二－一八八五）的不朽小說『孤星淚』中那位神父，是不用鎖的人，教堂大門永遠歡迎需要幫忙和溫暖的人；他對他們始終抱持著信心。後來，終於感化了一個冥頑的浪子。任何鐵石心腸，也要為這故事感動得落淚。他從不用鎖，只用鑰匙，開啟那些緊閉的心扉！

大自然可曾對我們人類鎖住了清風、明月？沒有！那麼，且趕快丟棄心鎖，改打隻友誼的鑰匙吧！

想想那白髮爹娘

以一九九七年十二月初為例，自殺案件就有臺中市某少年六度自殺獲救、臺東某高中生跳樓自殺獲救，以及嘉義市某國中三位女生相偕跳蘭潭自殺，二人死亡。

自殺的原因千奇百怪，但是，絕對沒有一種是光明正大、合情合理的；因為為人子女的，絕對沒有自殺的權利。姑且不談「身體髮膚受之父母，不敢毀傷」的孝道要求；最務實的來說，欠債還錢是理所當然的事：任何人由父母所生，父母無微不至的照顧，至少熬到了三歲略為會走穩路，才能「離腳手」（臺灣閩南語），也就是孔子所謂的「免於父母之懷」。

懷胎十月已夠辛苦了，出生之後完全要父母親長兩三年的褓抱提攜、長養、啟蒙；天下有誰比自己父母親更偉大、周到和真誠的關懷呢？父母，永遠的父母！

「白髮娘，望兒（子或女）歸，三更同入夢，兩地誰夢誰！」

只要有一點點孝心的年輕人，都不會以死來面對自己的遭遇；因為面對白髮人，我們的債未清，我們不能這樣忘恩負義！喪失子女的錐心悲痛，豈是無情的、「忍心」的自殺者，所能體會的呢！

死，不是解脫，它折磨人的時間可能更長，甚至永遠。無疑的，自殺的慘狀令人不忍卒睹，須要「發揮」個人最大的勇氣，連潛在的最後一絲力量，都要拚出來。既然有這麼徹底的力量，為什麼不去求生？

不論生活的噩運或心理的挫折，都可以扭轉改變啊！螻蟻尚且偷生；力量用對了方向，還有什麼不能解決的，而要去結束寶貴的——證嚴法師所謂「只有使用權而沒有所有權」的肉體生命呢？

朋友們：當你苦悶難捱時，走出去！走出狹隘的思想空間，看看陽光下美好的事物、未來遠景；更重要的，是想想那白髮爹、娘……

儘早了解性向

有些人很早就知道自己的性向，能夠比別人先一步專心致志的去發展自己，真是幸運！

但是，也有些人卻不知自己的性向如何？可能因為自己對任何事物都有興趣，但不知什麼最感興趣。也有的是對什麼都沒興趣，這一種人在人生的旅途上，會走得比較辛苦，迂迴前進，到達目的地的時間就晚了，成就也就會打折扣吧。

我有一個晚輩，他一直到考上大學，都還不能確知自己的性向所在。高中分組填的是工科，畢業後進入著名大學的土木系；但，半年讀下來，三分之一不及格，才猛然了解自己的性向在人文學科，對心理學有興趣。如今他正為轉系轉學而頭疼；僧多粥少，挫折感大，實在苦了他。

儘早了解自己的性向，全力以赴去追求自我的實現。雖然先出發未必先到達，但，可以比別人少走冤枉路，在過程中會比較輕鬆自在。

（一九九四年八月十八日，國語日報）

傷腦筋？

常聽有人一遇到困難，就說：「真傷腦筋！」有的還能繼續做做看，大部分的人就半途而廢了。

其實，「傷腦筋」是一句情緒性的藉口罷了，並不是事實。根據科學家的研究，人腦可以容納一千萬億個資訊記憶，怎麼會因為容納不下而傷腦筋？

一個人從小學到大學，所學到的全部知識，也不過占大腦記憶容量的千萬分之一而已。如果要讓你的頭腦記憶飽和，那得活上一億六千年才行！可見人尚未開發的腦力空間，實在太大了。

生理學家又告訴我們，三十歲以前如果太勞累了，身體會自動調整，不必害怕太透肢體力會傷身。

所以，年輕族可以全心全力去發揮才能，不論求學、記憶或勞動等等。發揮潛力，超越巔峰，出人頭地，再艱難、繁瑣或長期的事，都有成功的一天！

效法成功者的習慣、結交比自己能力高強的朋友，以朋友的長處來要求自己。用盡腦力，以旺盛的體力來配合，哪有做不成功的事呢？

年輕的標誌——多夢

夢是想像的昇華；而想像，經常是人類創造力的泉源。有夢想，就有努力行動的方向，假以時日，終有一天會實現。要是沒有夢想，很可能就沒有理想的目標，生活會失去重心，這時，想要將來有一番成就，談何容易呢？

有夢、做夢，代表感情豐富，關心生活周圍的人地事物。雖然有時無法完成你對這些人地事物的心願，但它們轉而進入你的夢中，所謂「日有所思，夜有所夢」；夢醒之後，你可能已想出解決的辦法，或對它們有了另一番的了解。不論如何，你會更關心它們，幫助它們，為它們創造更美好的明天。

孔子很久沒夢見周公，認為是一種老化的跡象；那麼，多夢正是年輕的註冊商標。年輕真好；年輕有更多的時間、活力和希望，去完成夢想。

年輕，是一種心境；七八十歲了，心理年輕，你就是年輕族！做夢，並不是件壞事，只要想得到，總有一天會做得到；沒有夢想，就享受不到實現夢想時的快樂。但，更重要的是要定出可行的步驟，一步步去實現夢想。

就如：每個人都曾夢想像鳥一樣，自由地飛翔於空中。五百年前，有義大利人達芬奇仔細觀察鳥類翅膀的構造和作用，設計了一個飛行器；可惜並未試飛。後來，日本的浮田、美國萊特兄弟等人，繼續研究實驗，人類終於實現了飛天的夢想！如今，不止可以像鳥一般翱翔天際，更發展到超音速的飛機、太空船。

這些成就都源於人有夢想，並且鍥而不捨地去實踐它，有勇氣、信心和毅力。因此，只怕你不去夢想；再遠大的夢想，個人能力不夠，可以集合千萬人的力量，假以時日，終有完成的一天！

（一九九六年十月六日，國語日報）

輸血壞了脾氣

在第二次世界大戰末期，美軍傷亡慘重，亟需建立血庫；美國政府鼓勵軍民踴躍捐血。有一天，聯軍最高統帥D. D. Eisenhower（艾森豪，一八九〇～一九六九）將軍也在排隊，等候輸血。當他輸血後將離去時，經過一個士兵的身旁，士兵對他行禮，並且說：

「報告將軍：我希望將來如果有需要輸血時，能夠輸進您的這一袋血。」

艾森豪將軍幽他一默，說：

「假如你真的輸了我的血，希望你不要染上我的壞脾氣！」

這話就是要人學好不要學壞。脾氣人人有；壞脾氣固然不好，但世上有比壞脾氣更不好的行為，而且不在少數。壞事不管大、小，都不可以好奇的去嘗試，像很多「安公子」、「安公主」，當初不都是基於好奇嗎？最後竟不可自拔！

任何東西都可學，就是不要學壞。學好不容易，學壞則很快。有這樣的警惕，就很容易踏上正人君子的大道了。

人牛之爭

美國艾森豪總統小時候，住在堪薩斯州農場。家裡準備買頭乳牛，艾爸就向老農夫問說：

「這頭母牛，一年可以產多少牛奶呢？」

老農夫搖頭說：

「我不知道；不過，牠很老實，有多少奶就給你多少奶。」

老農夫的話實在很幽默，也滿含哲理。它說明了「誠實無欺」的道理，啟示我們要好好的做人、做事：可以包括：有多少內容就說多少話；有幾分證據說幾分話：「有三兩三，才上梁山」；按部就班，一步一腳印地生活。……

而那些不自量力、打腫臉充胖子、逞英雄、耍嘴皮、愛作秀等等名實不相副的言行，都要摒除！總之，就是要老老實實的做人，老老實實的做事，不要有一丁點兒虛假；而且要全心全力做去。人可不能輸給牛！

（一九九五年一月十二日，國語日報）

愛心事業

不知從什麼時候開始，「教育是良心的事業」這句話，因為常被提起而變得麻木，不關痛癢，以致發揮不了作用。

我們當然肯定這句話的良善本意，也肯定絕大多數的各行各業教師，都在「默默耕耘，犧牲奉獻」；但是，無庸諱言的，也有些許背其道而行的存在。只要你稍加責難，對方就會以「教育是良心的事業，我對得起自己的良心」等，來搪塞你。因為「良心」一詞頗為主觀，很難判斷有沒有，或多與少。它的另一面又很具有包容性，很高雅，很動聽，所以常被人引來護身。

為了避免它的後遺症，我們似乎必需對這句話作一番深思；必要時提出另一種看法。

到底教育是一種什麼樣的事業，以至志業？如要用「心」字來構詞；一時還不容易呢！像用「誠心」、「真心」，情況似乎比用「良心」好。但，和「良心」含意實在太接近，等於沒改換。

為了避免上述的顧慮，似乎改用

「教育是愛心的事業」

一語，較為妥切。

一「愛」解千怨、解千恨；以愛心出發，何有頑石？何有鐵石心腸？用愛心來處理後進的所有問題，必能化阻力為助力，促其良心發露，改過向上。

「愛」字，容易了解、體味和表現，不易被誤解、忽略或排拒、利用。

「教育是愛心的事業」，我們呼籲，我們同心協力，一起來實行它吧。

（一九九三年六月十二日，中華日報副刊）

殘缺與完美

殘缺、不完美，是每個人都不想要的；但是，有時候卻不得不面對它！

殘缺包括兩方面：形體上的不健全；心理上、精神上的不滿足、不完美。

每個人或多或少都有不夠完美的困擾，尤其是身心發育、成長尚未完全的年輕族：心理早熟了，卻懷疑自己身體某部分長得不夠美；身體長得沒話說，卻擔心自己腦筋不夠聰明或沒人緣等等。這些困擾統括起來，就是覺得自己不夠「幸福」。

人之所以為人，就在於人能掌握一個自覺的「自我」；儘管其他方面有缺陷，人的「自我」仍然能夠無止盡的發展他的潛力。

面對殘缺，努力實現真、善、美和愛，才是真正的實現了自我，達到一切齊備的完美境地——幸福。

看清草地再放牛

孔丘有一句哲言是：「己所不欲，勿施於人。」這本是一種很忠厚的作法；但是，有人反駁說：自己所不要的，有時卻正是別人很想要的，怎麼勿施於人呢？這一說法好像也有若干的道理。人、我、欲和施之間，其實包含四個命題：

己所欲，施於人
己所欲，勿施於人
己所不欲，施於人
己所不欲，勿施於人

如果要嚴格的說，這四種作法都不完美，都可能有例外。最保險的作法是：在施、不施於人之前，要打聽、了解對方要不要、喜歡不喜歡，然後再行動。正如從前有一首兒歌，教我們要「看清草地再放牛」一樣。它的歌詞是：

「大路不平慢慢修，絲線無頭慢慢抽，

做事不成慢慢想，看清草地再放牛。」

為什麼要「看清草地再放牛」？至少有下列數點情況須加考慮：

一、那片草地是不是自家的？牛的主人同意你去那兒放牧嗎？

二、草地上有沒有噴農藥，有毒嗎？

三、草地肥沃不肥沃，地上有沒有豐富的草料？

四、在那片草地上放牧，安全不安全呢？

還有一點，就是：不妨先問問牛喜不喜歡那片草地？

不論交友、說話或做事之前，都得先了解客觀對象，再去處理；得要求自己做個有頭腦，能尊重別人的人。

（一九九四年九月二十四日，中華日報副刊）

完善的創意

日本著名的大企業NEC公司，有一位黑田龍二工程師，業餘喜歡放風箏。多年前，他以自己改良的「魔術風箏」，贏得世界放風箏比賽冠軍。

為什麼叫魔術風箏？原來傳統的風箏，在風箏與控制線間只有一個交點；但，魔術風箏就不同了，兩者之間沒有固定的交點，隨時會轉動；就像魔術一般，可以在空中翻滾。加上風箏上貼了不同的色紙，放起來更是多彩多姿，美麗極了！

吾人只要想像力豐富，能夠突破傳統，開發新創意，就能對社會群體有所貢獻。不過，在這中間，要抱持愛護別人，發明不傷害別人的東西。例如：當初發明汽車的人所用的燃料，如果不是汽油，那麼，幾百年來的污染公害，不就不可能發生了嗎？

創意重要，「完善的創意」更是重要；難怪日本天才發明家政木先生要說：

「真正受用的發明，可以拯救人類，使人類得到真正的幸福。」

假如有了投票權

如果你已擁有投票權，在眾多候選人所施展出來的無奇不有的花招中，如何去辨明真偽，選投最適當的人士和政黨，出來為我們做事呢？

有一個方法是在某人初入政壇時，就開始長期觀察、了解他；看他是否言行一致，沒有私心，願意努力為民服務。在這個過程中，要運用自己的智慧，獨立思考，超然判斷；不要受傳統、權威、人情或利益等等的影響。對政黨，也相同。

另一方法，是：由候選人的「對手」對他的批評，反思候選人的為人。這一方法比較抽象、玄妙；但是，前人說：由樹的陰影，可以知道它的高大。在無法利用前一方法獲得積極、正面的資訊，而對他的對敵各方面情況能夠掌握時，可以採用此法，反面去了解。不過，此法比較困難，需要更大的智慧、觀察力、判斷和推理能力。

總之，用自己的意見作主，獨立抉擇，不受任何有形、無形的力量所左右，永遠是面對選舉文化的最重要原則。要趁年輕時，就培養這種見識。

（一九九五年十二月二十五日，國語日報）

有人有I

心理學家常說：

「一個人的兒童期常以自我為中心，什麼事都由自己出發去思考。在他們的作文中或談話裡，最常出現的是『我』字。」

像：歐美社會多重個人主義，在他們日常的語句中，開頭第一個字，就常是「I」（我）！青少年人年紀漸漸長，要漸漸擺脫幼稚兒童期，趨向重視大我、合群，常設身處地為別人著想；不可再唯我獨尊，不可一世。一粒米雖然體積很小，卻是許多人的勞心勞力，才送到我們口中來的，怎麼可以不心存感激，重視那些造福我們，幫忙我們生存的人？

一個人的力量，要說渺小是很渺小；但若要發揮、善用它，有時也巨大無比。但，即使再怎麼大，從長遠的歷史來看，其實也是微不足道的！

因此，我們不必自卑，更不可自傲。要心中「有人」，常為別人著想，為別人造福；心中也要「有I」，常發揮自我的力量，去幫助更多的人。

（一九九五年六月二十七日，國語日報）

熱心可以強身

報載：一位身體日漸消瘦下去的癌症病人，做了熱心公益的義工後，終於克服了癌症！

當你熱心幫助別人的時候，你就會忘記自己的存在，包括個人的病痛。這種有人無我的行徑，可以改變自己的一切，例如：言行、人生觀、氣質、心理、……；也會影響身體：身體健康，病痛就不能侵入！即使侵入了，也會很快地遠離。

美國紐約的某著名醫師就說：

「人，一旦失去了熱心，有時會真正的死去；因為身上的各器官，處理不了自認為是累贅的自暴自棄想法。」

身心會相互影響，也會互相成全。有了這種認識，年輕族平時可由熱心參與班級、學校、校際間的公益活動，幫助需要幫助的人；進而結合團體的力量，對社區、社會、國家，服務奉獻：因此而健全了自己的身、心、靈。

（一九九六年一月三十一日，國語日報）

案：二〇一五年五、六月起，全國各地高中甚或國中學生發起的「自己的課綱自己救」的行動，就是佳例。

四季少了夏秋冬

美國艾森豪總統在第二次世界大戰期間，膺任盟軍最高統帥。他為什麼能達到軍人的最高位階呢？原來是他「幼懷壯志」，一步步努力得來的。

他的父親也是軍人，長年駐守在美國南部的一條大河邊，防止印第安人入侵；艾家就在軍營附近。艾森豪小時候一早聽到起床號，就立刻起來背了木槍上廣場去，活像個小軍人；直到軍營吹起熄燈號，他才就寢。在他的心中，早已立志做軍人，做大將軍了。

有一回，印第安人來襲，小艾也趁著大家忙亂的時候，背著木槍出門。等打退了敵人，家人找了好久，才在軍營的後山上找到他，他說他也要去打仗！

無論做什麼事，都要及早立志，多做準備；早一天出發，那麼，到達終點的日子，往往也能夠早日實現。

「不忘初志，更立大志」

大志的目標，是事情大，貢獻多。

還記得翁炳榮作詞、女兒翁倩玉唱的歌曲〈祈禱〉？

「讓我們敲希望的鐘啊　多少祈禱在心中
讓大家看不到失敗　叫成功永遠在
讓地球忘記了轉動啊　四季少了夏秋冬
讓宇宙關不了天窗　叫太陽不西衝
……
讓貧窮開始去逃亡啊　快樂健康流四方
讓世間找不到黑暗　幸福像花開放」

默默祈禱、集氣，造福人群的無名英雄，希望四季少了夏秋冬；世界到處充滿春天的暖陽：希望人間變天堂：這，才是真正的「大志」！

仰望星空

從前有一位詩人寫道：

「當我仰視天上的明星，我已聽不見周遭塵寰的熙攘。」

這一句詩，給了我們三種啟示：

一是一個人要嚮往未來，憧憬未來，高瞻遠矚，對將來具有無比的信心。

二是要忘懷過去所有的不如意，不要再為過去的所作所為懊悔、埋怨或執著，以致自暴自棄，無法邁步向前；要重新走出一條路來。

三是積極把握現在，努力現在，才能向更美更好的未來瞻望，為達成高遠目標作準備。

過去、現在與未來，和我們人類息息相關；但是，「過去」已如雲煙；重要的是把握「現在」的每一分每一秒。在努力奮進的過程中，如果遇到瓶頸，就要瞻望「未來」，懷抱信心，才不致鑽牛角尖想不開。努力克服困難，衝破黑暗，快樂的奔向光明的前程。

一句詩、一句話、一個字，常有意想不到的啟發。臺灣人的想像力豐富，當你仰望星空時，應該別有一番會心吧。

（一九九六年四月四日，國語日報）

奔向大自然

德國文學家兼思想家、諾貝爾文學獎得主赫曼．赫塞說：

「一片花瓣，或路上的一隻小蟲，都遠比圖書館裡所有的書籍，包含著更多的內容。」

這話說得雖然誇大，但是，它意在強調大自然是世界最大的圖書館，蘊藏著無法計數的知識、經驗，以及提升人類生活最需要的智慧。對習慣生活在狹小空間學習、工作的人，它無疑具有震撼作用！

有些人受限於學業、經濟、家庭等等因素，無法長時期置身大自然，從大自然中探索宇宙的奧祕，不無遺憾。

但是，只要有心，早作準備，一旦有機會就好好利用；那麼，親近大自然，徜徉在大自然中，發現人類前所未有的東西，改寫人類的生活歷史，不是不可能辦到的！

欣賞者擁有一切

看那小小的嬰孩，可愛的眼珠子轉呀轉的，看看這，看看那；他要看這新奇的世界，他要欣賞世界所有美好的事物！

好的開始是成功的一半；年紀漸長的兒童少年以至成年人，仍要繼續保持這種好奇心，去欣賞所遇見的每一件事物。懂得欣賞的人，隨時隨地都會發現美麗與希望，滿心歡喜；好像天天都在開慶祝會一般，高興極了。

山河大地，宇宙萬象，無奇不有，也無物不美，古中國宋代大文豪蘇東坡不是說過嗎？

「惟江上之清風與山間之明月，耳得之而為聲，目遇之而成色，是造物者之無盡藏也。」

（「赤壁賦」）

他又說：

「江山風月本無常主，閒者便是主人。」（「與范子豐書」）

能欣賞這一切，你就是世界的主人。

玫瑰V.S.彩虹

西方有一句話說：

「不要只顧欣賞遠方的彩虹，而忽略了腳邊的玫瑰。」

的確，雨過天青，七色彩虹非常漂亮；但是，它遠在天邊，只可遠觀，而且出現的時間也短暫。而腳邊的玫瑰呢？既和彩虹一般美麗，更重要的是它是具體、可觸摸的，那種真實感和草根性，遠超過彩虹所能給予我們的。

腳邊玫瑰可給人們的，彩虹未能全部滿足；造成差異的原因很多，關鍵在於一為虛，一為實。務實不求表相的虛華、不好高騖遠、注意當下與當地，才有著力點。年輕人多半是理想主義者，有理想甚至夢想，都是好事；然而，更重要的是要「築夢踏實」，用功當下，而不是光說不練，虛有其表。

先欣賞腳邊的玫瑰，獲得真實的美感經驗，才能賞玩天邊的彩虹，作一趟美的神遊。

人可以不如鳥兒？

那天清晨，散步在溪畔的產業路上，一面欣賞溪床風光，一邊注意腳步。咦！那兒怎麼會掉下一個小鳥巢？碗形的。撿起來細看，不得不佩服小鳥，牠造窩的功夫、耐心和毅力！

巢是用數百上千的細小草尖、草支（不是木「枝」）——少數支條略大，絕大多數是中等偏小的。要從遠方，也不知何處，用小小的鳥喙叼啣而來，所花的時間無法計算，其毅力怎不叫人佩服？其耐心又怎不叫人敬佩久之，自嘆不如呢！

小鳥用千百支小草支，在高而沒有憑靠的樹枝上做窩，技術一流：重疊、交錯，圓形排列打底；一層層交疊，環繞排列，往上墊高。又一層層重疊、交錯，環狀排列，往上墊高墊高。……也不知繞了多少圈，好不容易，終於碗形的窩巢大功告成了！形狀是那麼美，好可愛，好實用；功夫不知是從哪兒學來的？我也想學！

這個小鳥巢，裏頭沒有鳥蛋，也沒有小雛鳥，拿起來聞一聞，也沒有鳥兒的氣味。猜想可能做好沒多久，就被陣風吹落，真為牠惋惜！

我們人類面對自己的人生、社會、國家、世界的各種各類的事情、問題或困難，都要學著鳥兒做窩的精神與行動——耐心和毅力。

小鳥巢，大啟示，試問：可以人而不如鳥兒嗎？

用錢哲學

根據內政部一九九二年的統計指出，臺灣國兒童每月平均花掉父母一萬元以上的，佔百分之十五；一般也平均花費四五千元。小小孩童就這麼會花錢，大一點的國、高中青少年，雖然政府沒統計，但我們知道花得更凶。

其中，花在零嘴、衣著和娛樂費的，就超過一半以上，在在顯示現在年輕族浪費、奢華，做些不必要的消費；像二〇一五年六二七的八仙樂園玉米粉爆炸事件，七八百人的空間一下子擠進四千人，其原始起因是甚麼？大家心知肚明！

俗話說：「花錢就要花在刀口上」；現在臺灣生活費高漲，房價居高不下，年輕族只在純消費，親人的負擔很重。國人要儘量學習正確的用錢之道，少私寡欲，避免因缺錢而走入歧途，才能安然把握這一段人生的「黃金歲月」。

另一方面，報載國人儲蓄率，已下降至百分之二六．五。從前克勤克儉的美德，在今天民眾日趨富裕的時候，有錢花光光，消費大幅上升。專家指出儲蓄率降低，將影響國家未來的投資和經濟成長。

吾人不要以為自己和國家經濟扯不上關係；其實，如果整個經濟蕭條，民生貧困，那麼，年輕族受教育的機會和品質，必然大受影響，生活也困苦了。年輕族自幼養成儲蓄的好習慣，直接有益自己，間接可以促進國人投資意願和國家經濟成長，何樂而不為？

現代年輕族，口袋裡有許多張千元大鈔並不稀奇；平時在娛樂和吃、穿方面，都十分隨心所欲，往往也造成浪費。以吃來講，漢堡、飲料等「垃圾食物」隨處可買；上館子「吃到飽」，於是虛胖、營養不均衡、各種成人病症提早報到。花錢又損害健康，實在不是國家經濟發達帶來的好福氣。

一九九五年起，銀行只要一塊錢就可以開戶；存款人也不必等到領有國民身分證，就可以辦理。正因此，年輕族請多多儲蓄，益己助人，這也是愛國的一種表現！

防範生病妙法

美國紐約州立大學醫學院傑克爾博士研究發現，百分之九十五的感冒病人，在得病前都有一段憂鬱期。憂鬱到了某一個程度，會減低身體的抵抗力：輕則感冒菌侵入，重則引發風濕病、肝病，甚至癌症。

因此，追求喜樂的心情，是防範生病的妙方；畢竟心理會影響生理，早已是公認的事實。

無獨有偶的，多年前美國露易絲茜所寫的『醫療自己的身體』一書，更認為人體大部分的疾病，都是由於心情的不愉快而來。例如：不敢面對快樂的人，會膽固醇過高；哀傷而生活中缺少甜蜜的人，易得糖尿病；沮喪壓抑的人，易患肝病等等。年輕族群不要以為自己年少體壯，這些疾病的罹患年齡逐年降低，不得不加以正視！

正視之道，除了注意飲食、衛生等方面之外，得追求每一時刻都能真正的笑口常開，樂觀的去看待萬事萬物。法國大文豪福錄貝爾曾說：

「快樂是生命的溫度計。」

快樂在心，生命才有價值可言。且讓我們永保一顆喜樂的心吧！

假期之愛

放假，是學生緊張讀書生活中必要的調劑。但是，為時較長的寒暑假，除了調劑生活之外，又必須視為學習的延長，不可輕易錯過。

否則，正如法國小說Graziella（『葛萊齊拉』。Alphonsede Lamartine拉馬丁作，一七九〇～一八六九）所說的：

「假期家居生活，容易把一個人最初的情熱消耗殆盡。」

沒有計畫的虛度假期，容易使人因沒有生活目標、缺乏鬥志，而造成一片空白；非常可惜！

凡是上課期間沒辦法完成的，或需要較長時間才能達到的，都是「假期」的工作；增進自己，提升自我，就在此時！

不論學特殊才藝，習得一技之長；或有計畫的遊寶島，探訪鄉土；或者「繞著地球跑」，行萬里路；乃至「蹲」在圖書館，有系統的讀通一門學科知識，都是值得一試的。事前立定志願，認真計畫，一旦決定，就全力以赴，有始有終。中國古人說：「士別三日，當刮目相看。」何況是漫長的寒暑假期呢？

年輕人沒有不愛放假的；但須知能善用假期，才是真正的喜愛它。

卷五、懷・師・恩

這九篇文字，多在懷想筆者中學以至大學、研究所時所親炙的恩師。從小學起，受到無數老師的教導、提攜，伊們的大名，我都能記得；每位老師的特質、風範，也都記憶深刻，不會模糊混淆。卷中沒有寫到的老師們，只在此提及他們的大名，如：黃金水、林淙、林榮華、莊文淵、周漢光、楊啟東、王照青老師、……。想當年，伊們竟有國大代表的，世界知名畫家、作家的；讓我們如入大觀園，目瞪口呆而又如沐春風，你說我會忘懷他們嗎？

我是在一九六五年至一九七七年，就讀臺大中文系、所碩博士班的，一共在校十一年。當年是國家相對安定，臺大系、所師資最齊整，經史子集各領域大師都雲集、健在的時代。不僅本系，人說：文史哲不分，歷史系、哲學系的大師也一樣。我也好學，常去旁聽，甚至附近的師大、政大有大師在，我也不遺漏旁聽、請教的機會。於是，沈剛伯、方東美、杜維運、潘重規、高明、程發軔、林尹、汪中、周何、……，都一一出現在我求學的路上。

本系的黃得時、許世瑛、俞大綱、金祥恆、鄭騫、張敬老師等等，也都在我永恆的記憶深處。當然，影響我最大、指導我最多的，要數屈院士翼鵬師了，我有兩篇文字記他。很遺憾的是，連同毛子水、臺靜農老師等，我只能在他們身後為文紀念，增添懷想之情。

白堊華髮見師恩

我是省立臺中商職部最後一屆畢業生，在民國五十四年鳳凰花開時節離校後，即考入臺大中文系。大一時，也曾想轉入商學院的系組，所以曾矛盾了一陣子，後來決定繼續念下去；這原因要回溯到自從初中起，我就喜歡看報章雜誌上的文藝作品，也曾在《民聲日報》副刊寫了一些小文章。

在大學的前兩年，正課讀的是古典文學，課外看的、作的是現代文藝；因此，到了大二暑假，我又起了一陣衝突：到底日後是要從事古典的研究呢？還是現代的創作？如果決定前者，那就得投考研究所繼續深造。最後，也是那句話：繼續念下去！從大二暑假起，整整兩年，又拿出當年準備考大學那股用功勁兒，準備考研究所。終於皇天不負苦心人，我僥倖以「狀元」的成績考入同校研究所。

六十二年碩士班畢業後，我毅然決然地報考同所博士班，在六十六年六月畢業，結束我長達二十三年的學校生活；十月十二日，通過教育部的「國家文學博士」學位口試。

離開母校臺中商職十多年來，我時刻謹遵師長的教導，盡力充實自己。猶記得秀公校長（陳奇秀）在某次週會的諄諄教示，對我影響尤大；現在我雖然不能記憶他開示的每一字每一句，但他辦學的認真、對學生的照顧，所凝聚成的特有人格典範，不知潛移默化了多少校友！還有我在母校六年（初、高級部）中，所親炙的許多位師長，我一直都記得他（她）們的大名、所教的課程，以及聲言笑貌。如馬飲川（覺先）老師對我的特別愛護、鼓勵與指導，使我沒齒不忘；而投考大學前夕，親聆於蔡絜邨（興濟）作家老師的鼓勵（引王安石「登飛來峰」詩），又豈是可以僂指而數的呢？

白堊侵紅顏，硃筆添華髮，當你也當老師時，你更會體會師恩的浩蕩，真是無以為報！正如人子之於親恩一樣。

（一九七九年六月一日，《省立臺中商職創校六十周年暨改制專科十六周年紀念特刊》。原題：治學與報恩）

良師啓我深遠

古時候重視名實相副，所以有人說：名師出高徒。後來世風趨下，有名者未必有實，因此有人改稱「明師」出高徒。此外，又有人主張嚴師才能出高徒。不論嚴師、明師或名師，總括一句是：「良師」出高徒。

蔡興濟老師，筆名絜邨；他是中國來臺在臺大中文系復學的高材生，學問淵博，講課精彩。更可貴的是，蔡老師的話具有啟發性，例如：他在升學輔導班最後一節國文課上說：「一個人爬得越高，望得也越遠。大家儘管把你們理想的大學填在前面，讓聯招會去分發；這對你們又有甚麼損失呢？」就這樣，我才進入了臺大。

陳鴻儒老師主張學好國文無二路，得多背好文章，再加以善用。他就坐在講臺上，嘴巴一開一合，跟同學一般背起課文來，時而低頭看本子，時而移目巡視。同學們看在眼裏，那敢偷懶？這就是所謂「身教」。

馬覺先導師常常鼓勵、獎賞學生。他獎賞的方式很特別，是親自寫書法或畫國畫，題贈給學生。筆者現在仍珍藏有他的兩幅墨竹。……如今想來，真是別出心裁，高雅又有價值！

（一九九三年三月，《中央日報》專刊〈中學國語文精選〉第九期）

懷想科學治學的典型

——屈翼鵬（萬里）院士

中央研究院李遠哲院長，二〇〇一年在首屆臺灣國際科學展覽會講座中，說：「科學的進步，在於年輕人發現老師錯誤之時。」老師平時要鼓勵學生「胡思亂想」，自創「理論」。他問：「愛因斯坦的相對論是學來的嗎？」不是！學生要從老師那邊學到的是：科學的方法和態度。

不僅科學如此，其他學問也一樣。這就不禁使筆者想起已故的論文指導教授　屈翼鵬（萬里）院士了。話說在筆者碩二時，曾「拿出證據」指出屈老師堂上講的錯誤：屈老師認為五經書名和「經」字連稱在一起，是從宋國廖剛的『詩經講義』開始的；那時，筆者找到『漢書』、『論衡』裏的三個例證跑去找老師，屈師當面告訴我：「你的意見很好；不過例子少了些。再繼續注意這一問題。」筆者知道屈老師已接受了，因此以後他沒再提廖剛的書了。

屈老師這樣重視學生的淺見，愛護學生；更重要的是他有科學研究的精神，不僅李遠哲院長向來的說法與他暗合，屈老師其實是胡適之先生的信徒，胡先生「大膽假設，小心求證」、「有一分證據說一分話；有七分證據不能說八分話」，以及「做學問要在不疑處有疑，做人要在有疑處不疑」的名言，源自美國教育、哲學家杜威的實驗主義；屈師常常掛在嘴邊，我們這些學生耳熟能詳，畢業後也奉行到治學、行政和做人方面。如今，也更加思念起他們追求真理的典範。

解脫與再生

——敬悼屈翼鵬（萬里）恩師

二月十六日上午九點多，我搭公車到松山看一位同事，在車上突然想到　屈老師，不知現在他老人家福體好點了沒有？過年前他又住進醫院。豈料當天傍晚，友人謝兄來電話說：「屈老師早上走了！」我埋首入掌，一夜不能成眠。不！我只相信他的人走了，但他的精神典範是永遠活著的！

我蒙恩於屈老師，是從一九六七年大三時；開學的第一天，去旁聽他的「尚書」課，就被他那精彩的講授內容、親切誠懇的語調，和長者的風範所吸引。『尚書』號稱天書，詰屈聱牙；但是，我決定再辛苦也要改選他這門課。這一年中，他讓我們深入經學的園地；三、四年後，我所以敢撰寫一般研究生比較不敢碰的經學類碩、博士論文，就是這時屈老師給予我無形的信心，並啟示確當的研究方法的緣故。

第二年，我開始準備報考碩士班，毫不猶豫的，我選擇『尚書』作為「專書」考科。翌年考試，我「專書」一科的成績是八十八分，並僥倖以第一名錄取。平日木訥的我，有人把我比喻成「黑馬」，他們哪裡知道這要歸功於屈老師的教導與影響呢！

我在碩一下時，就決定用幾年的時間來研究宋國末年大儒黃震的生平與學術，並想先從他的思想入手。於是，把這個想法和對黃氏的概略認識，又臚列些所知道的參考書目，拜書請求屈老師指點。很快的，就收到遠赴新加坡國休假講學的屈師瑤函。他除了不厭其煩的開示讀書方法和寫作要點之外，在信末很客氣的說：

「承囑為弟論文導師，自當同意。」（六十年二月二十八日函）

那時，我真是喜出望外！因為聽說曾有他不瞭解學生程度的去請他指導時，他常會問：「十三經你讀過幾部？」「某某書你翻過了沒有？」因此如是慕名而去的，往往知難而退；由此也可知老師指導方式的嚴格了。

屈老師雖然沒有著手研究黃東發學術，但他的學術既精深又博大，所指點的可說句句精到。他指導的方式，除偶而提示一下，如：

「此段再酌」

「為文不能示人以拙」

等等之外，通常都不明講，要我們自己去體會、研究。請教他問題，他也不直接告訴你答案，總是要反問你：

「某某書你參考了沒有？」

「某某先生你有沒有去請教過？」

他對論文，雖是一個標點符號也不放過，所以特別辛苦。記得去年有一次和屈師母談話，她說：「屈先生經常都看得很晚很晚。」難怪他寄回我的拙稿中，時常可以發現夾著沒有拂除的菸絲。啊！　老師原是為我們學生們而勞累，而奪去他寶貴的生命的！

老師潛心研究易經；易經中所講的多半是生滅消息的現象與原理，主張死滅是另一個再生的開始。而佛家認為生為苦海，死是解脫。走筆至此，不禁令人在揮淚之餘，又懷有些微的安慰。　老師：請您安息吧！

（一九七九年四月一日，《易學研究》第五十九期）

一代通儒毛子水老師

本月十日，　毛老師走了；雖然他老人家年高九十有六，但這一噩耗，仍帶給大家極大的震驚與傷痛。

我是在一九七五年九月起，上毛老師的「國學專題討論」課的（之前，曾旁聽他的「李約瑟《中國科學史》研究」）；當時，他已七十四歲了，是退休後仍來兼課的。老師上課時可說不用教本，完全是將他平日研究所得中最精萃的部分，提出來教我們；因此，我們坐享的，是他的治學結晶，如精金美玉，啟發力特強。他上課要言不煩，語語親切。進度講完就下課，又沒有考試、隨堂抽測的壓力；所以，令人身心受益良多，而印象深刻。可惜，當年喜歡他這種上課方式的臺大人並不多，可說是「叫好不叫座」。

毛老師每每將他的大著、抽印本送給同學，旁聽的也有。手邊他的論文集『理想與現實』，就是他老人家的贈物。教書還附帶送書給學生，這在我十一年的臺大學習生活中，是絕無僅遇的一件事。

毛先生的身體一向硬朗，健步如飛；文學院高而陡的日式中樓梯，他從來不需人攙扶，就自己快速而安全的上下。後來據說他身體上某部分患有癌症，但一二十年間，用他那堅強的意志力，克止了癌細胞的擴散。今天他的離開，並不是因為癌症，也可見老師精神力強大的一斑了！

本月十二日，報載中研院吳大猷院長說他是一位「通儒」，真是貼切！早在一九七三年六月，我把碩士論文『黃震之諸子學』呈給毛老師指教，他一看題目，就說：

「宋代研究諸子學的人很少，黃震值得研究！」

短短兩句話，就把宋代的學術特點道出，可見毛老師的博通了！他不只是位專家，在自然與人文科學二大領域上的融會與精通，有口皆碑，贏得「一代通儒」的雅譽與定評，真是名至實歸！令人景仰不置。筆者至今仍喜歡泛觀博覽，未嘗不是受到毛老師潛移默化的影響。

（一九八八年五月二十日，新生報副刊）

臺伯簡老師二三事

本月九日，業師　臺靜農先生以八十九高齡辭世。一九六七年筆者大三時，必修臺老師的「中國文學史」一學年，每週四節課；在後來數年中，也旁聽了他的「楚辭」、「中國小說史」課。如今噩耗驚聞，心中如何不哀痛？

臺老師取字伯簡，有名、字相關的老傳統：伯，家族中排行老大；蕳，是一種芳香的蘭草。老師自認是花農，四君子之一的蘭花，就成了他人格的表徵。他畢業於中國北大之後，歷任輔仁、四川女師院、重慶復旦大學教授。臺灣終戰後，在臺大中文系任職，曾主持系務二十年，與錢思亮主持校務二十年，並為臺大的「韻事」，無人出其右。他後來籌辦中文所，任所長，直到與系主任同時辭任為止。他功在臺大，桃李滿天下。「國立臺灣大學臺靜農教授」，筆畫很多，當年還有人以這為例，作為提倡簡筆字的藉口，可見他的名聲了！

他上課時總是要言不煩，從沒講過笑話、廢話，好像寫精練的散文一般。又講究徵引原文證據；所以，印象中上課總要抄很多筆記，每以為苦。如今，自己當了教書匠，教文字學，在黑板上寫許多甲骨、金文、篆字等罕見、罕用字形，最以為苦；而回思臺師當年要寫那麼多古詩文原句，滿滿一大黑板，擦了又補，而且用近魏碑的「臺靜農體」，不知有多累，手多疼啊！

我們五四級的同學上他的課時，他已是六六大順的「老」教授了；但他的個子，高又大，看不出老。他常一本正經的，又因當系主任，以致大家並不很敢接近他；其實他是「望之儼然，即之也溫」的長者。記憶中唯一好玩的事，是他常在下課鐘響後，一面交代未完的段落，一面向門外移動，等大家記完筆記，抬起頭來，卻早已不見人影了。這麼率性、這種「高招」，他的眾多弟子教授中，從沒有人學得成的，因此傳為美談；內人即常提及，繪聲繪影，讚佩不置。

在書法方面，他早已自成一家。他的字，筆者曾用一句話來形容，那就是他每一筆畫都是：「一波三折不肯直」。對積點成線的魏碑字，能綜合各家而開出自己的一路來，不必看落款，即知是他的大手筆！

筆者存有他三數張照片，最早的一張是一九六七年平安夜，系上迎新晚會，大概是由於汪其楣、李元貞學姐她們的「惡作劇」吧，來個師長吃蘋果比賽的節目；臺老師以系主任之尊，被圍上圍兜兜，戴上紳士帽切蘋果吃，樣子你說有多滑稽就有多好笑，但他也不以為忤，和同學們打成一片。如今，照片已泛黃，人影已杳，當年的謦欬，也已成絕響……。

（一九九〇年十一月十七日，新生報〈文化點線面〉專版）

春風不再吹拂

——懷念葉慶炳老師的國文課

大概一九七一年之前的臺大中文系學生，都是　葉慶炳老師的及門弟子；因為他教我們大一國文必修課；大二以後，還可以選修他的「小說研究」、「中國文學史」等課程。系裡老師多，唯獨葉老師專教本系大一國文；因為他講得太精彩了！

老師教國文的精彩情形，柯慶明學長的「臺大中文系第一人」（刊一九九三・九・二十）文中，刻畫了一大部分。神韻、境界、風範等，本不易言詮；但，只要去看葉老師的大文「我愛上課」，自敘他如何陶醉在渾然忘我的課堂氛圍中，遇到學生有反應，頻頻點頭就講得更起勁，只覺得下課鐘一下子就響了的一段話，就可以明瞭我們當年是怎麼「如坐春風」，大享其受的了。因為上課時頻頻點頭的，我就是其中的一位。

去年五月七日晚上，筆者擔任國立臺北師院語文教育中心主任時，曾敦請葉老師蒞臨，為「語文學研究與方法」講論會演講。在介紹葉老師時，我也特別提到上述「我愛上課」的大文；當時聽眾一百多位，都是師院老師和以後小學的準老師們，親耳聆聽葉老師講白居易的「長恨歌」等，大家又沐了一回春風，深深切切的證實、感受葉老師上課時的投入、陶醉與所獲得的樂趣。

但是，如今，老師走了！

葉老師除了上課極為拿手，使學生受益、懷念之外，他還有一絕，就是作文教學；不論出題、批改或下評語，都有可以引為典範的地方。例如：為了適合國內、外學生（當年僑生佔一半）的各種情況，老師常出三四道題目；一學年要想數十個題目，也非易事。這無異是「因材施教」思想的落實，很前衛；使學生不怕作文，可以盡情揮灑出自己的所見所聞、所思所感。筆者自一九七三年初為人師起，即模仿這種做法，受學生歡迎、同事稱讚，均得感謝葉老師的啟導。

記得大一下學期某次作文，有一題是「還鄉記」。我因為當年是首次離家負笈北上，思鄉之情可以想見；文中，除了記述還鄉前和回家後的感受之外，在文末寫道：

「當再度離鄉踏出家門一步時，我又開始在想家了。」

葉老師特別欣賞這樣感性深情的結尾，在文旁密密加圈。這也是我至今不忘情文學的原因之一。

葉老師批改過的作文本，現在還留有幾篇。另又有一篇是，他教完『左傳選』秦晉崤之戰後，要我們寫「重耳離齊」，來彌補書中的省略處，並表現人物的心理過程。這是我平生第一回寫「小說」，寫到重耳一行人來到小河邊，後有追兵。我突發奇想，心生一計，寫到重耳部下找來一根竹竿，一個撐竿跳過去；收了竿，化險為夷。葉老師也特別欣賞這一段，五個半圈。他就是這樣在無形中鼓勵我們提出創意，突破困境，繼續向前的。

葉老師的國文教學，不只教古書、古意，也教我們做人和如何生活，但都不著痕跡，重啟發，不用教訓。葉老師科班出身的根柢，畢竟與他人不同。筆者有幸親炙，雖至今仍未成材，但也更感念他化育人才的艱辛。葉老師剛退休沒兩三年竟然走了；今後又少了一位指引我前路的師長，在任重道遠的教學之路上，豈不令我茫然與惶恐？……

（一九九三年十月二十八日，中華日報副刊）

惜墨如金的黃得時老師

一九九九年大年初五閱報，驚聞　黃得時老師已於年初三下午辭世。

黃得時老師享九十一歲的高壽，但是印象中他並不老邁；閉起眼睛，來到眼前的，只有五六十歲時上課的英姿，最多也是前些年拄著枴杖的身影，精神還是那麼好。歲月催人，他老人家還是走了……。去年，他捐贈許多寶貴文史資料給文建會文資中心的典禮，他就因病沒法子蒞臨。

看了消息報導，才知道他曾擔任自日本接收後的臺大首任教務主任，比著名的傅斯年先生接任校長還要早。但，六〇年代我們修他的「日本漢學史」、「日本漢學專題討論」課時，他絕口不提這些一般人認為的豐功偉績。在那戒嚴時代，他也不提獻身臺灣新文學運動的當年勇，只是如數家珍的，把他擅長的日本漢學知識傳輸給我們。記憶中最深刻的，日本有漢學家大江萬里；筆者羨慕日人的複姓，可以使姓名配得那麼場景開闊，浩大無邊；於是，也曾自取「青野千里」的筆名，因為嚮往那欣欣然有生意的青秧禾草千萬里的大景。

雖然日據時代只有公學校（小學）畢業的先父，生前提起黃老師的大名，也豎起大拇指，知道他對臺灣的貢獻。但上課時我們只知道他是我們的老師，老師就是老師，他壓根兒也不求校內行政上的高官、校外的名位。現在回想起來，還記得有幾次在走廊上，看到老師和歷史系的楊雲萍教授談話，如今知道他們談的一定是有關臺灣的學問吧；因為楊先生是臺灣新文學運動開拓期的三傑之一（另二位是賴和、張我軍），他的臺灣史、南明史研究在今天，也仍是權威之作。

筆者三、四年前才投入臺灣文學研究，尤其是去年八月到淡水學院臺灣文學系服務以後，對黃老師在臺灣新文學拓墾的情形，以及熱衷文藝運動、組織文藝團體、創辦刊物；並重視民間文學的採集、出版，以及民俗研究等等的貢獻，所知漸多，益加佩服，也深以曾做過他的學生為榮。

黃老師其實早有撰寫一部臺灣文學史的「野心」，在一九四三年，他曾在當時的《臺灣文學》雜誌上發表一篇〈臺灣文學史序說〉。四十四年後才撰寫『臺灣文學史綱』的葉石濤先生，去年即撰文指稱黃先生早有此良圖，說：〈序說〉一篇即是它的雛型，自己不敢掠美。距今五十多年前，黃老師即有此「膽識」寫文學史，就是因為他的日文、臺文好，文筆也好的緣故。

黃老師惜墨如金，除上述〈臺灣文學史序說〉之外，一九四九年臺北薇閣詩社出版有『板橋詩苑別集』，是臺灣古典韻文集。此外，一九九三年臺北縣立文化中心出版他的散文、雜文和論著集，叫做『評論集』；他的重要文學觀點和成就，都可以在集子中找到。另外，可能還有許多遺著有待整理出版。當然，他當年翻譯《水滸傳》為日文，譯寫兒童少年文學作品等等「前衛」性的識見，也使我萬分景仰，需要早日研探，以完成他未竟之願。

黃老師一生獲致的文藝成就獎勵很多，最高的是國家文化獎章。記憶所及，他也是第一位獲得中央研究院胡適紀念館的榮譽研究講座。而平時默默耕耘、不求名利的他，當日本諾貝爾文學獎得主川端康成先生來臺時，曾擔任他的即時口譯，代表臺灣國家接待世界級貴賓。每想及此，奉獻文壇七十年的黃老師，實在益加的令人敬佩！

（一九九九年）

萬里他鄉變故鄉

——有懷詩人明秋水先生

臺灣新文學初期三傑之一的張我軍，以及後來的林海音先生，都被稱為「兩個故鄉」的人；而二〇〇二年辭世的詩人　明秋水先生也是。筆者一九六五年夏天在成功嶺大專暑期集訓時，身為政工幹校的明教官來教我們「共黨理論」；「一日之師，終身為父」，他也算是我的老師。上課時，他曾說共產黨常會「抓兩頭帶中央」，話簡潔特別，在似懂非懂中印象更加深刻。當時我是大一尚未入學的新生；約略知道他寫新詩，但一直沒機會親炙他的作品。

二〇〇二年三月初，讀《文訊》一九七期，麥穗的〈安息吧！詩的拓荒者——悼念明秋水先生〉文，才知明老師已於元月十三日走了。不久，在文藝協會圖書櫃上看到他的四部詩集：『駱駝詩集』、『骨髓裡的愛情—一個少女的定情詩』（三千行抒情詩）、『陽明山之戀』，以及『黃昏之戀』。前者一九五一年出版，末者為一九九五年，相距四十多年。

明先生是中國湖北人，一九二〇年出生，童年在杭州度過；詩集中有〈生活在金陵〉、〈重慶的記憶〉等懷鄉之作，不在話下。他把全中國都當做故鄉，所以懷鄉的詩作不少。但他更有『臺灣詩草』、『陽明山之戀』等描繪臺灣詩篇的專輯。〈春在淡水〉、〈來臺北，一年了！〉等，望題知意。又如：「暴雨颱風」一首寫基隆：

颱風，將雨港捲起螺旋般的雨霧，
縮寫了太平洋的遠景，
它灑播一種沁涼的寒意，
使城鎮與鄉村在奇襲中顫慄！……（『駱駝詩集』頁四十五）

再如：「烏來遊蹤」的首段，即刻畫烏來之美：

那段到達烏來的雲樹和山水
是深藏在大自然的名畫，
那截顫顫欲墜的鐵索橋，……

五六十年後的今天讀來，仍然清新感動。

在『陽明山之戀』一集中，更多寫臺灣——他的第二故鄉的詩：〈北基道上〉、〈「臺北火車餐室即景」〉、〈螢橋夕照！〉、〈再會吧，彰化〉等等；現在，螢橋夕照依然美麗嗎？

而一九五五年在中國北京出版的『黃昏之戀』，是他從一九四〇年直至一九九四年的詩選集，包括：〈重慶茁壯時期〉、〈國際流浪時期〉、〈回歸鄉土（案：指杭州）時期〉。而一九五〇年至一九七八年的〈臺北時期〉呢，也就是上述『駱駝詩集』等三部詩集的選集；目錄上稱為：「臺北窩囊時期」（內文中並沒有此六字），像〈重逢臺北〉、〈紅色歌廳〉等二十首詩中，並無一首「窩囊」，純是北京書商表面上配合上級「醜化臺灣」的陽奉陰違的作法。

以今天詩評論的立場來看，明先生把他鄉變故鄉，他的詩多半是時代的產物，政治味嫌強，純文學的表現較不足；不過，誠如詩人麥穗說的，他是臺灣新詩的拓荒者之一，把中國的新詩帶來臺灣，雖然晚了張我軍三十年（出生時，張氏已成名），但一步一荊棘，以詩史的角度來看，實有其功勞。

但不幸，出身中央軍校十六期，寫有高亢激昂的愛國詩，曾獲中華文藝獎金委員會詩歌獎、國軍新文藝金像獎殊榮的他，後來「遭波及，被戴上『匪諜』嫌疑的大帽」（麥穗語），銷聲匿跡了二十七年之久。一九七八年退役後，移民阿根廷經營餐廳，偶有詩作而難以為繼，詩心橫被斲喪，真真為他可惜！心中特別懷念他。

（二〇一五年六月謄稿。二〇一五年八月號《文訊》雜誌）

卷六、清・思・路

古今臺外多少成功者、偉人、有貢獻者，說出多少濟人淑世的智慧話語。吾人受到啟發，視為座右銘，一生服膺，也往往因而成功、快樂或幸福。有鑒於此，筆者在大學多年來，即分類編輯世界偉人、名人的數百千則智慧語錄，深入分析探究，給學子以指點，幫助他們安身立命、福國利民的立志；極合乎通識教育「教你如何做人、做事」的總目標，反應良好。

但，說來看去都是前人的作品，自己的呢？這時代人的思想智慧呢？我們不寫下來，後人如何承傳呢？為鼓勵學生寫自己的思想、鍛練自己的頭腦，前些年筆者也試著記錄自己的所思所想，編為『璞堂清思錄』——將自己清淨思維下的清新思想記錄下來。挑選若干則，並之前撰寫各類作品中具有思想的文字，又加上後來陸續思考所得，都安上時間、地點，而呈現於此。這事沒有止境，只要活一天，有所思、所得，即可繼續下去。

讀者們：靈光一閃，稍縱即逝，須隨時記下，永垂下去，對現代以及後人思想的啟發作用大而無形，何樂而不為呢？

做一個智者，過智慧人生

面對今天二十一世紀這個時代，變化快速而多端，不容易了解、因應或掌控，真是苦了每一個人。因此，需要有生活的常識、賴以生存的專業知識，更需要有解決大小難題的智慧，才能快樂生活，無懼地存在，追求到幸福。生活常識、生存知識二者，只要我們肯學習，就會有相當的斬穫；一分耕耘，一分收穫，真的假不了。

唯獨「智慧」，有時不是努力學習就可獲得，也不是一心一意去追求就可成辦的。它好像飄忽不定，神得很。且先看前人是怎麼了解智慧的？

知識並不就是智慧，許多人知道很多事物，但卻是個更大的愚蠢者。只有知道怎樣去運用知識，才是智慧。（西方哲學家．克柏史東）

人必須先有生活經驗（按：含知識），而後才能通於哲學（按：含智慧）。（法國思想家．伏爾泰）

智慧上的領悟，常出乎驟然啟迪；但，它是用累積的教育和修養培植出來的！（蘇格蘭諾貝爾醫藥獎得主．麥克勞德）

三位外國智者的話都在說明：在知識經驗的基礎上，才能激發出智慧來。而臺灣的陳火泉先生，更明白地歸納出這過程，說道：

「你必須把所得的知識化成你自己的血肉，培養容納力、洞察力、理解力、靈感，養成清澈的心靈，才能流露出活生生的智慧。」（見所著《活在快樂中．善用智慧》，九歌出版社本）

譬如：一般人都知道：兩點之間最短的距離，是一直線。這在數學、科學的理論上沒錯；但，在人事、社會、政治等上頭，就不一定了。試想A、B兩點間，如果有山川阻隔；你如走直線，那包你落海或攀登不了那座山，不要說危險，就是到達了目的地了，也要花大把時力。但是，智者會迂迴前進，輕易完成；日本的富士、八幡企業總參謀長．中山素平就曾說：

「迂迴前進，是達到目標的捷徑！」

再如：一般人都知道分散風險理論，說「雞蛋不要放在同一個籃子裡！」但是，偏偏美國鋼鐵大王卡內基就力排眾議，說道：

「所有的雞蛋應該放在一個籃子裡，小心翼翼地、耐心地搬動它。」

這就是智慧，活該他成了鋼鐵大王；而一般人只是一般人！

而海洋生活、航海冒險、孤島生存等等，最需要有超人的智慧。世界有關海洋生活與生存智慧的作品很多；即使文學名著也有不少充滿智慧的篇章，能使人化險為夷，解決棘手困難。現舉瑞士Johann David Wyss（維斯）的《The Swiss Family Robinson》（魯賓孫家族漂流記；改編電影《海角一樂園》）為例，如：

「鹽是有的，不過攙了許多沙子。……她用衣服把鹽和沙包起來，浸泡在水裡；等鹽都溶解了，再把沙子扔掉。」

鹽中帶沙，無法食用，用點智慧就輕易解決了。又如：

「讓每隻小羊的脖子上繫上鈴鐺，一旦走失，就很容易找到了。」

再如：在西藏民歌中，也有可見知他們的智慧的，如：

「望著深邃山谷，不敢貿然探路；要知山谷深淺，先聽鳥兒叫聲。」（張之傑〈淺談西藏民歌〉；張氏自編『西藏文學選』，慧炬出版社本）

可見鳥兒在這方面，智慧比人類高；人一學鳥兒，就成了。

智慧是用來解決困難的；難題越大，越需要偉大的智慧；所以，愛爾蘭哲學家哈基遜對「智慧」下了個最精簡而直接的定義，說：

「以最佳的方法追求最佳的目的，叫做『智慧』！」

要激發自己的智慧，上面所引多家方法可以參考。平日吾人除了多閱覽吸收前人的智慧之語（佛教所謂「漸修」的功夫），有所啟發，予以轉化之外，實無別法。要如此努力不斷地漸修，有朝一日，將有「頓悟」，激出大智大慧的時候！所以，口才心理學家戴晨志先生告訴我們：

「記錄他人的智慧話語，在適當時機加以運用。」（《你是說話高手嗎？》，黎明文化公司本）

古今臺外，有益世道人心的金玉良言、詩韻文華，乃至世界名人、偉人的善言智語，不知凡幾，在在都可以啟發世人於無窮。吾人在潛移默化之餘，更能產生見賢思齊，捨我其誰的精神與行動，克服萬難，成就功業。

即文學即思想，亦文學亦思想；文學作品中需內含思想哲理；高深不易懂的思想哲理，採用文學性的體裁、方式表達，就不難懂了。例如：諾貝爾文學獎肯定存在主義，所以頒給沙特、卡繆用小說等文學方式表現的作品，就是明證。

今天，人人都要做個智者，去度過他智慧的一生。

璞堂清思錄

1. 處在這光明對黑暗鬥爭的大時代，學養的側重固不可厚非，但更迫切的是，需有獨立思惟的能力。（一九六六年十月六日，《民聲日報》副刊〈孤獨在溪畔〉文；大二）

2. 自由與約束都是不能走極端的；否則，自由變成放縱，約束也趨於殘忍。依適度的比例去發展，才是健全的人性。（一九六七年三月十三日，《民聲日報》副刊〈天足的聯想〉文；大二）

3. 同一事件，各時代有各時代的看法；而同時代中，觀點不同，其結論也大異其趣。然而，有一共同的要求，就是採取何種觀點最為合理，最近事實。（一九七三年五月，《幼獅》雜誌第三十七卷第五期〈由動機論觀點看管子的為人〉文；碩三）

4. 腦筋越用越發達。（一九八七年三月十一日，省立臺北師院《北師校訊》第十一期「作了過河卒子」文）

5. 跳舞是最美麗的運動。（一九八七年七月二十九日）

6. 心清菜根也香。（一九八八年十月，歡樂出版公司，序蔡志忠《人生的滋味——菜根譚》文）

7. 傳承文化即是最大的愛國表現。（一九八九年四月二十四日，《新生報》〈重視文化國寶級人物〉文）

8. 讀商作試算表、抓帳到一筆無誤為止，無形中養成仔細小心，追求「零缺點」的好習慣。（一九

八九年六月一日，國立臺中商專校慶籌備委員會編印《國立臺中商專創校七十周年紀念特刊》〈我是臺中商職最後一屆畢業生〉文）

9. 大凡超越，包括質的傑出和量的繁夥，其中以質最重要。而超越有時更要論時空：在時間上影響及於後代，在空間方面放諸四海而皆準。（一九九二年一月，國立臺北師院《博雅教育文集》第二輯〈論孔子思想的超越性示例〉論文）

10. 有智慧，有眼光，高瞻遠矚；有魄力，有勇氣，不畏艱鉅：是事業成功的保證。（一九九三年六月，《國立臺北師範學院圖書館訊》創刊號〈國立臺北師範學院圖書館的今昔與展望〉文）

11. 人生，有時是不必帶有什麼「目的」的。（一九九四年九月五日，《國語日報》〈徹悟〉文）

12. 境由心生，只要一轉念，結果就會大為改觀，化苦為樂，海闊天空，任君翱翔。面對生活中的苦澀，只要換個立場去思考，換個方式去接觸，很快的就會柳暗花明；或者不再執著，敢接受挑戰與試煉，會更加成熟。提升智慧，不論做人、做事，都比較容易成功。（一九九四年十月四日，《國語日報》〈轉念〉文）

13. 自小失恃的孩子，每較常人為早熟懂事。（一九九五年六月，《耕情集》頁二，第壹輯親情抒寫）

14. 生命，不僅是你（妳）個人所有，它也屬於家庭、社會及國家。（一九九六年二月十四日，《國語日報》少年版〈燈塔〉專欄〈迎接考季〉文）

15. 「……弟弟的手機響起，是母親催促我們回去。哦！有家真好！」（二〇〇〇年三月三日，民眾日報副刊〈有家真好〉文）

16. 家母常說那些空口說大話的人「兩個嘴唇含一個舌——說黑的是它，說白的也是它」。（二〇〇〇年四月中旬，〈兩個嘴唇含一個舌——由臺灣諺語談起〉文）

17. 所謂「苦盡甘來」；種種甘與苦的味道嚐徧，這才構成真實的人生。（二〇〇一年八月九日，主編真理大學臺文系第一屆畢業生論文、創作優選集《鶯聲初啼大地春》系主任總序）

18. 家園是人們實現夢想的起點。（二〇〇五年十二月二十六日，於臺北）

19. 樂觀產生行動，遠離失敗。（二〇〇六年一月二日，於桃園）

20. 白髮經驗多，經驗生智慧；黑髮有的是熱情，熱情生動力。老少相結合，成事在望中。（二〇〇六年一月四日，於桃園）

21. 忙於生活上的飣飣餖餖，心靈之門就關閉了；要重新開啟，得靠機緣與內省。（二〇〇六年一月二十日，於桃園）

22. 名聲，半由自己締造，半由他人創造。（二〇〇六年二月十三日，於臺北車站）

23. 臺灣，幾乎天天都在過節，有陽曆、農曆的；有西洋、臺灣、中國的；臺灣先住民又有其獨特的；個人、家庭、社會間也一樣。其中有些被商人等利用，衍生社會問題而不自知。（二〇〇六年二月十三日，於臺北車站）

24. 學習，是一連串尋覓知識、經驗、情誼、快樂，以至智慧的過程。（二〇〇六年二月十四日，開南研究室）

25. 一個學校如果沒有想教育學生成為「人格者」的理念和配套，那就不能成其為學校了。（二〇〇六年二月十四日，開大南校務會議前）

26. 求學問不擇手段。（二〇〇六年三月五日，早餐攤上，想起多年來的想法）

27. 結交好朋友，是延年益壽的良方。（二〇〇六年三月十三日，往桃園車上）

28. 臺灣解嚴後很少人談愛國，因為沒有敵我觀念。畢竟愛家－愛鄉－愛國－愛世人，永遠是一條康莊大道。（二〇〇六年三月二十日，往桃園火車上）

29. 追求，是人生存下去的熱力。（二〇〇六年三月二十五日，臺北）

30. 身、心、靈三位一體，三者並安，長命百歲。（二〇〇六年三月二十五日，臺北）

31. 未來的事不要求太多，過往的夢不宜追太緊，現在的心不可留太少。（二〇〇六年三月二十六日，木柵）

32. 千年神木，發於毫芽。（二〇〇六年三月二十六日，木柵）

33. 世事轉眼已改變，人生一瞬已消失！（二〇〇六年三月二十六日，木柵）

34. 又一個人自殺了，生命輕賤如此？「棺材貯死不貯老」，養生、護命同其重要。（二〇〇六年四月四日，桃園研究室）

35. 國民身體的健康，由小處、由年少、由基本做起，事半而功倍，也是國力的保證。（二〇〇六年四月九日，於日本北海道層雲峽旅次）

36. 驚訝也令人贊同的是：「日本溫泉使用規則」中有此一條：「紋身者請勿入內。在館內被發現的紋身者，會被勸退出場。」（二〇〇六年四月九日，於日本北海道札幌旅次）

37. 在日本函館古戰場五稜郭內，聽到工人講臺灣河洛話，親切中也為「臺勞」感到五味雜陳。（二〇〇六年四月十二日，於日本旅次）

38.冬末的日本北海道，光禿禿一片，部分白雪已融，鏟雪污染了路旁，並不美；但日本政府並不關閉觀光，而以真面目示人。旅客可自由想像雪去春來後的美景，並不覺得受騙。（二〇〇六年四月十三日，北桃火車上）

39.心花朵朵開／善念處處在／安全無障礙（臺灣明慧教育學會、教育部、交通部公益廣告），類此押韻的詞句常可見到，顯現臺灣國民文學、文化提升的程度。（二〇〇六年四月十三日，北桃火車上）

40.「準確操作是善心，不留痕跡是美德－感謝您體貼清潔人員的辛勞。」在臺北大學廁所看到這標語，多文雅、有教養！誰不願配合？（二〇〇六年四月十六日，兼課北大）

41.住在臺北，有時不像住在自己的國土上，倒像在臺海對岸，沒有家鄉味，心中很不踏實。（二〇〇六年四月十七日，轉乘捷運往桃園車上）

42.以臺灣俗、諺語為教材，其資料既多，知識、經驗及偶發的智慧、思想，可以變化學生氣質，協助安身立命、認同國家本土的教育目標。（二〇〇六年四月二十一日，桃園火車站候車亭）

43.大眾運輸工具上，常聽到從業人員用不美聽的音聲，宣佈許多「政令」。何時臺灣才能提升到公共場所「無聲」的境地？（二〇〇六年四月二十一日，桃園火車站候車亭）

44.鳥的雙翼上下舞動，頓成樂章，令人神馳；如果缺了其一，不知成為何物？啊！單與雙，那會差那麼多?!（二〇〇六年四月二十二日，車遊福山植物園途中）

45.每天，眼睛一睜開，就有許多事呈現，真累！但也無可旁貸。只有用喜樂的心去面對，才不會產生壓力，造成困擾。（二〇〇六年四月二十二日，車遊福山植物園途中）

46. 後車站為什麼都比前站不如？車站為什麼不設在四周圍都一樣好的地方？（二〇〇六年五月十九日，桃北線上）

47. 人身最脆弱，常亡於一瞬之間；小心最安全，每可存活百數十年。只是注意小心，步步為營，確實苦了人。（二〇〇六年五月十九日，臺北捷運車上）

48. 大人的眼界每可決定孩子的高度，大人的言行舉止也一樣！（二〇〇六年五月二十一日，家）

49. 一個人的性格能影響，甚至決定他的命運。（二〇〇六年五月二十五日，開大研究室）

50. 虛心使人高貴，自負使人膚淺。（二〇〇六年五月二十五日，開大研究室）

51. 臺灣東部以至全國各地，一年四季草木豐美，比起冬天的日本北海道、北歐五國的枯槁，不知要好上多少倍！（二〇〇六年六月三十日，往知本車上。七／一五又想起）

52. 科學、常理停頓的地方，想像開始飛馳。（清思錄，二〇〇六年八月三日，研究室）

53. 法－理－情，民主時代以法治為一切的依歸，因為客觀；道德、人情固然也要講求，但它宜在法律之下。（二〇〇六年九月三日，家）

54. 成功總在堅持後。（二〇〇六年十月十三日，看報紙廣告後）

55. 在等待或無聊時，用欣賞的眼光看周邊的人，會有許多會心處。（二〇〇七年六月，遊日有感）

56. 真心的朋友，會緊握住人的心。（二〇〇七年七月十九日，臺北家）

57. 生命脆弱易失，且不能失而復得。（二〇〇七年七月十九日，臺北家）

58. 請為享有的當下及充滿希望的明天，而高興，而充滿信心。（二〇〇七年七月十九日，臺北家）

59. 膽小的人，將會失去生命中的精彩與美麗。（二〇〇七年七月二十二日，上網啟示）

60.小孩學車，跌倒了，爬起來；扶起車子又跨上去，這回有經驗了……（二〇〇七年八月九日，路上所見）

61.一切都似乎可以用人力來成就的今日，生命與大自然的互動關係，多半喪失了！（二〇〇七年八月十一日，看梁丹平畫集《兩極之間・春之水村》有悟）

62.空軍招生看板也打美女牌，啊！不踏實的社會造就不踏實的人生。（二〇〇七年八月一五日）

63.盼望天下女性有三美，為世間增色：形象美、語言美、心靈美；缺一不可。（二〇〇七年八月十六日，家）

64.女子因氣質而風情千姿，浪漫萬種。（二〇〇七年八月十六日，家）

65.平日播種善良，在不經意之間，就會開出最美麗的花朵。（二〇〇七年八月十八日，聖帕颱風來襲）

66.讀書、學習，和智慧聊天。（二〇〇七年八月二十六日，上網所啟示）

67.音樂、攝影、收藏、……其樂無窮。（二〇〇七年八月二十六日，上網所啟示）

68.不論面對甚麼，學習著放手，是一大智慧。（二〇〇七年八月二十六日，上網所啟示）

69.人出生的地方，就是其心靈歸屬，感覺最放心的所在。（二〇〇七年十二月十六日，臺北家）

70.人生最大的資本是崇高的品行。（二〇〇九年一月二十八日，看網路故事有得）

71.日人道別時必說：「路上小心哦！」使車禍減少了。（二〇〇九年二月十日）

72.愛心或助人的智慧，才是人的財富。（二〇〇九年二月十一日，火車上）

73.天的航路相通，沒有阻礙；儘管各種學問底層隔行如隔山，但到了高層則一通百通，這就叫做

「化境」。（二〇一一年六月二十一日）

74. 要出一百分的考卷，有時也不太容易，需有深有淺，難易適中，能評鑑出程度、學習效果等等；這時出題者變聰明了，用心、小心、靜氣平心，不也是一種修養嗎？（二〇一一年十二月三十日，臺北家）

附錄

林政華七十生平文藝創作、研究、教育推廣簡譜

一九四六年（民國三十五年）一歲

九月十一日（農曆八月十六日）出生於臺灣臺中縣大里鄉（臺中都大里市）草湖村泉水巷祖宅。系屬霧峰林家；叔祖獻堂公。

一九四七年（民國三十六年）二歲

二月二十八日，臺灣發生「二二八大屠殺」慘案。

一九五三年（民國四十二年）八歲草湖國小，小一

九月，進入大里塗城國校草湖分部就讀。導師林榮顯先生。

一九五八年（民國四十七年）十三歲，小六，丁母喪

十月一日（農曆八月十九日），逢母喪；母得年三十有九。

一九五九年（民國四十八年）十四歲，中商初一

七月七日，以第一名成績自草湖國校畢業；（校長林標烈先生）榮獲縣長獎（縣長林鶴年族長）。

九月，以備取第九十一名，考入臺中商職初級部就讀。（校長陳奇秀先生）

本年，繼母杜玉盆來歸；時年三十八歲。按：母未有生育，手足以親生母事之。

一九六〇年（民國四十九年）十五歲，初二

本年起，開始對文藝作品產生濃厚興趣；課餘，喜歡閱讀臺中《民聲日報》副刊，《文苑》、《亞洲文學》等文學雜誌，以及學校圖書館中的國內、外文藝等類圖書、雜誌。

一九六二年（民國五十一年）十七歲，中商高一

七月，以榜首成績考入臺中商職高級部就讀。導師馬覺先先生。

一九六三年（民國五十二年）十八歲，高二

七月十九日，散文〈她〉刊登於《民聲日報》副刊〈青年園地〉版；敘說以文學為密友的嚮往；萌發終身寫作的信念。

十一月一日，散文〈夕陽．秋野〉刊登於《民聲日報》。按：因欣賞某月曆上的外國風景「田園黃昏時」，參酌平日所見所感而寫出。

一九六四年（民國五十三年）十九歲，高三

一月一日，散文〈慈母見背五周年〉獲南投縣文藝創作比賽高中組散文第一名；《南投青年》第六期刊出。

一九六五年（民國五十四年）二十歲，臺大中文一

七月，以總分四〇七分（當年無加重計分）考入國立臺灣大學中國文學系就讀（系主任臺靜農教授）。正式探討漢語漢字、文學、文化、經子之學與寫作等學術。

一九六七年（民國五十六年）二十二歲，大三

四月十日，散文〈呼喚祖國的蕭邦〉刊於臺大代聯會出版《大學新聞》。

四月二十四日，雜文〈永不示弱的人——《甘地自敘傳》讀後〉刊於《大學新聞》。

八月九日，散文〈茶水供應站〉刊於《新生報》副刊。

十一月三日，散文〈又見棕櫚〉刊於臺大《大學新聞》。

十一月十九日，散文〈蔗葉．親情．憶〉刊於《小說創作》雜誌五十九期；抒發念母情懷。

一九六八年（民國五十七年）二十三歲，大四

三月，學術論文〈韓愈究竟是個什麼樣的人〉刊於《幼獅》月刊二十七卷三期。按：係辨胡適批判韓氏三上宰相書是諂媚行為之誣。

暑期，參加臺中市慈光圖書館佛學講座，聆聽李炳南老居士講「佛學概要」等；開始接觸佛學。

一九六九年（民國五十八年）二十四歲，海軍預官

六月，以榜首成績（五科四八〇分）考入臺大中文研究所碩士班。先服海軍預官役一年。

一九七〇年（民國五十九年）二十五歲，臺大中文所碩一，致理商專、世界新專兼任講師

八月二十日，雜文〈臺大人的氣質〉刊於臺大《大學新聞》。

十一月二十八日，論文〈史記荀卿列傳考釋〉刊《孔孟月刊》九卷三期。案：開始撰寫學術論文。

一九七一年（民國六十年）二十六歲，碩二，致理商專兼任講師

二月二十日，馳書新加坡國立南洋大學，請允正在休假講學的屈翼鵬（萬里）老師，指導碩士論文《黃震及其諸子學》。二十八日，屈師覆函謂：「……我當然要做你的指導老師。」至深感激。

十月二十五日，聯合國大會通過第二七五八號決議文，議決：「考量到恢復中華人民共和國的合法權利，……。承認中華人民共和國政府的代表是中國駐聯合國的唯一合法代表。……並立刻將蔣介石的代表從其在聯合國與所有附屬組織非法佔有的席位逐出。」按：此決議文，隻字未提及「臺灣」。臺灣與中華民國、中國未有任何關聯。

一九七二年（民國六十一年）二十七歲，碩三，致理商專兼任講師

十二月十五日，雜文〈與友人論以內學對治時弊〉刊於《慧炬》月刊一〇七期。按：開始研究佛學。

一九七三年（民國六十二年）二十八歲，臺大中文所，博士班一

四月至一九七四年十二月，雜文〈古書中的幽默〉連載於《華航雜誌》四卷二期至七卷二期，八篇。

按：開始注意笑話、幽默文學的教育價值；後在開南大學曾講授「臺灣幽默諧趣文學」多年

六月，以平均九十二分，通過臺大中文研究所碩士論文《黃震及其諸子學》口試，獲頒碩士學位。（校長閻振興、所長屈萬里先生）

七月，以「黃震之經學」為博士論文計畫，考入臺大中文所博士班就讀；仍請　屈老師指導。

八月八日，與學妹吳美玉小姐訂婚。十月十四日，結婚。

一九七四年（民國六十三年）二十九歲，博二，臺大夜間部中文系兼任講師

六月一日，學術雜文〈『易』字的涵義〉，刊於《易學研究》雜誌創刊號。按：開始研究易學，亦開始對研究漢語漢字產生濃厚興趣。

一九七四年（民國六十三年）二十九歲，博二，臺大兼任講師

七月，學術雜文〈春秋始於魯隱公的意義〉，刊於《中華文化月刊》八卷七期。按：考述魯隱公非禪讓桓公；此說可修正　屈老師謂『春秋經』寓有儒家禪讓思想之說法。

一九七六年（民國六十五年）三十一歲，博四，臺大兼任講師

九月，碩士論文《黃震及其諸子學》由嘉新水泥公司文化基金會出版；為平生第一本出版著述。

一九七七年（民國六十六年）三十二歲，獲國家文學博士，臺北師專；臺大、東吳、淡江兼任講師

八月一日至一九八五年十一月十五日，擔任《慧炬》雜誌編輯委員。按：八年又四個半月後辭離。

十月十二日，通過教育部博士論文口試，獲頒國家文學博士學位。（教育部長李元簇先生。考試委員：陳槃、方豪、周何、屈萬里先生等）

十月二十八日，批改三甲、三戊班作文，獲臺北師專教務處調閱作文登記「批改認真詳盡」鼓勵。

十月起，評審《慧炬》雜誌社儒佛等數十種獎學金論文；並選擇適合之文章刊於《慧炬》雜誌。

十二月一日起，學術雜文〈即文學即思想〉百篇連載於《易學研究》月刊；至一九八七、一一、一刊完。

一九七八年（民國六十七年）三十三歲，丁父憂，臺北師專；臺大、東吳、淡院兼任副教授

四月三日，父親因肝硬化症辭世，享壽五十九歲。

五月十四日，散文〈治學與思親〉刊於臺北師專心理輔導中心《懿光》特刊。

五月，國家博士論文《黃震之經學》，獲國家科學發展委員會獎勵。

六月，因啟發臺大學生獨立思考判斷，不見容於黨國禁制思想下的打手羅聯添（臺大中文系黨鞭）、龍宇純（系主任）、孔服農（校黨鞭）等，身受白色恐佈之害。

一九七九年（民國六十八年）三十四歲，臺北師專；臺大兼任副教授

二月十六日，屈萬里恩師逝世（享壽七十三歲）。五月二十八日，屈師蒙總統褒揚。
四月十日，美國與「中華人民共和國」建交。美國制定其國內法：「（美國與）臺灣（國）關係法」，承認臺灣國為一主權獨立國家，而與訂約。
六月一日，散文〈治學與報恩〉，刊於《省立臺中商職創校六十周年紀念特刊》。
九月，擔任考試院考選部六十八年高等、普通考試文哲組國文閱卷襄試委員。（典試委員長張宗良先生）按：開始參與國家考試相關事務工作；後多年有三十餘次。
十二月，學術論文〈周詩的悲劇性蘊含〉在中國古典文學研究會第一屆論文發表會中宣讀；講評人王熙元教授。係第一次在學術會議中發表論文。

一九八〇年（民國六十九年）三十五歲，臺北師專副教授、兼北師專夜間部註冊組長

一月二十五日起，兒童少年文學雜文〈古典兒童歌詩品賞今譯〉，於《國民教育》月刊二十二卷九期起連載，至一九八七年五月，二七卷十一期止。按：開始從事兒童少年文學工作。
五月十六日，義務指導學生黃寬裕參加教育部中華文化論文比賽，榮獲專科組第一名。（另：林萬來獲第四名）第一次獲學校嘉獎一次。按：黃生畢業後又潤飾其政大東亞所碩士論文等。
六月起，義務指導、鼓勵臺北師專畢業生林萬來創作農村文學作品。按：先後已出版六部散文集。
九月三日至一九八二年一月三十一日，兼任臺北師專夜間部註冊組長。按：首次擔任教育行政工作。
十月，編註《幽夢影評註》委由慧炬出版社出版。一九八一年再版，一九八二年三版。

一九八一年（民國七十年）三十六歲，臺北師專副教授

十月，擔任臺北市政府教育局國語文競賽評審委員。（局長黃昆輝先生）按：開始擔任北臺數縣、市多項語文競賽評審工作；達一一四次。

十二月，受立法委員吳延環委託，於一九八〇年十月間，義務編纂臺北縣（今新臺北都）福慧寺《慧三法師八十年譜》；但本月出版時，僅具吳某名。

一九八二年（民國七十一年）三十七歲，臺北師專；東吳大學中文系兼任副教授

三月－四月，參加救國團臺北市團委委會書法班第十六期研習；講座宋文淵老師。

五月，編註《古今詠梅詩品賞譯註》委由慧炬出版社出版；請黃永武教授作序。

七月七日，擔任臺灣師大教育研究所李良熙碩士論文《推行國語教育問題研究》（指導教授葉學志）口試。按：第一次擔任學術論文口試委員。（委員另有李威熊、劉正浩、簡茂發教授）以後十數次。

九月起，在臺北師專講授「新文藝及習作」課程。

九月，又至東吳大學兼課，講授《周易》課程；至一九八八年七月止。

十月，擔任教育部、文復會、孔孟學會合辦經學研習班第四期講座。（孔孟學會理事長陳立夫先生）後又數次。案：開始擔任校外學術演講工作。

一九八三年（民國七十二年）三十八歲，臺北師專；東吳兼任副教授（赴姊妹校韓國國立漢城教育大學訪問）

一月，學術雜文〈林獻堂先生與霧峰林家邸園〉，刊於《國民教育》二十四卷八期。十月，轉載於新加坡國亞洲研究學會《亞洲文化》第二期。

三月，修改、指導學生新文藝習作集〈省北師專學生新文藝習作選（一）〉刊於《國民教育》二十四卷九期。有趙惠貞新詩〈風箏〉、麻兆勝散文詩〈意外〉等。篇後均具「導評」。按：開始修潤、推介學生佳作寄校外報章雜誌發表；如有稿費，直寄各作者。

四月，擔任教育部七十二年中華文化復興論文競賽評審委員。（部長朱匯森先生）

五月，學術雜文〈『天書』裏的生命智慧〉，刊《國民教育》二十四卷十一期。按：開始注意、搜集古今、國內外有智慧、裨益人群之語錄。後在開南大學講授「世界智慧文學」課程。

六月，擔任臺北師專七十二年度國語文競賽寫字、作文代表選拔評審委員兼指導老師。按：開始擔任校內語文競賽指導工作。

六月，「教學特優」獲總統慰勉。後又有五次。

八月一日十七日，和普通科鄭雪霏、社會科趙瑩、常俊哲老師，代表學校訪問大韓民國國立漢城教育大學，出席第七屆「韓臺教授兒童教育研究協議會」。後轉赴日本國京都、大阪、奈良旅遊。按：首次出國。同年末，漢城教育大學曾組團回訪臺灣。

一九八四年（民國七十三年）三十九歲，臺北師專；東吳兼任副教授

五月，學術論著《現行師專國文課本教材綜合研究》獲教育廳師專教師論著佳作獎。

六月，學術論著《五經成語研究》，自印出版。

九月，在臺北師專暑期部講授「兒童文學」課程。案：開始開授兒童文學課程。

一九八五年（民國七十四年）四十歲，臺北師專；東吳兼任副教授

二月二十八日起至一九九三年四月三十日，佛學論文〈寒山詩譯註與品賞〉二八篇，連載於新加坡國《南洋佛教》一九〇期至二八八期。

十二月八日，兒童少年文學論文《兒語研究》在中華民國兒童文學會第一屆論文發表會中宣讀；主張文學性兒語應作為兒童少年文學的一種體裁，予以重視、推廣。

一九八六年（民國七十五年）四十一歲，臺北師專；東吳兼任副教授

一月起，捐助母校臺中縣（今臺中都）草湖國民小學，合計二萬三千元及圖書一大批。

二月五日，「芝山兒童文學獎」核准設立，獎勵全校學生對兒童少年文學的創作、研究、評論與翻譯。按：後辦理二屆，至一九八七年十二月十六日，被語教系劉漢初、周全副教授嫉害而停辦。

二月十八日，擔任嘉義縣七四學年度國小教師兒童文學創作研習班講師，講授「兒童語言的探討」，於水上國小。（縣長何嘉榮先生）案：開始應邀至全國各地講述所學；凡數十次。

二月，編著兒童少年文學集《兒語三百則》自印出版。

三月，散文〈做了過河卒子〉刊臺北師專《北師校訊》十一期。

一九八七年（民國七十六年）四十二歲，省立臺北師院語文系副教授、教授

三月二十七日、二十八日，指導、修飾學生吳亦偉小說：〈華洋之夢〉，推介刊於《現代日報》。

按：吳同學後為小有名氣作家。

五月，升等教授論文《易學新探》由臺北市文津出版社出版。

六月十二日，續任東方出版社第二屆東方兒童徵文比賽複審委員。題為「一張相片」。按：決審委員潘人木、蘇尚耀、蔣竹君不懂失親兒童早熟，致使妙文遺珠；勸而不從，故次年辭聘。

十月十七日，臺北市兒童文學教育學會創立；當選為常務理事。（理事長王天福校長）

一九八八年（民國七十七年）四十三歲，臺北師院教授

一月二十九日，輿情雜文〈臺籍原日本兵名稱似乎不妥〉，刊於《中央日報》輿情版。

五月十六日，在臺北師院成立「經學研究工作群」，帶領學生研究經學；由『詩經』開始。

五月，為臺北市教育局編輯《語文教學論叢》出版。

六月十六日，學術論著《易學新探》獲教育部大學院校教學資料講義類佳作獎。（部長毛高文先生）

一九八九年（民國七十八年）四十四歲，臺北師院教授

五月十一日，學術論文〈談兒童文學散文〉在臺東師院主辦七十七學年度省市立師院兒童文學術研討會中宣讀。按：主張兒童散文必須具備文學屬性，非一般無文學質素之文章。

五月，《兒語三百則》擴增為《兒語三百則與理論研究》（加入林文寶教授論文〈兒語研究〉），由臺北市知音出版社印行。一九九七年七月，改由板橋市駱駝出版社初版。

六月一日，散文〈我是臺中商職最後一屆畢業生〉刊於國立臺中商專校慶籌備委員會編印《國立臺中商專創校七十周年紀念特刊》中。

七月，兒童少年文學專著《兒童歌謠類選與探究》，由知音出版社出版。按：收入林文寶教授論文〈試論童謠〉等文；稱二人合編。

七月，專著《童詩三百首與教學研究》，由知音出版社出版。按：收入林文寶教授論文〈兒童詩歌教學研究〉、〈民國三十八年以來有關兒童詩歌論述書目〉等文；稱二人合編。

七月至八月，在臺北師院暑期進修部講授「作文指導」課程。

九月二十九日，輿情雜文〈祝福德瑞莎修女〉，刊於《新生報》文化點線面版。

十一月，兒童少年文學譯註《古典兒童詩歌精選賞讀》由富春文化公司出版。一九九一年再版。

十二月十七日，臺灣省兒童文學協會創立；當選為理事。（理事長陳千武先生）

一九九〇年（民國七十九年）四十五歲，臺北師院教授

四月二十六日，就讀中商時之美術老師楊啟東先生，在臺北縣（新臺北都）文化中心舉行個展。

六月九日，兒童少年文學論文〈國小國語課程以兒童文學作品為教材之可行性研究〉，在臺北師院主辦第一屆省立大專院校教育論文發表會中宣讀。

六月二十日，散文〈《半路出家》話心路〉，刊於高雄三民家商出版《學圃》第三期。

六月，兒童少年文學論文〈《兒童文學》界說的歷史考察〉，刊於臺灣省國民學校教師研習會《研習資訊》總六十二期。按：主張兒童文學應擴大為兒童少年文學，其中包含幼兒文學。

九月，通識論文〈國學對於行政理念的啟導略說〉，刊於《北師校訊》三十二期。按：聚焦在糞壤權位、勘破名利、知人善任三點上。

一九九一年（民國八十年）四十六歲，國立臺北師院教授、兼圖書館典藏組主任

一月十九日，擔任年度省兒童文學協會主辦「臺灣省兒童文學創作研討會」主持人一場次：洪中周發表論文：〈論臺灣童話的現代化〉。講評者：張彥勳。按：備有詳細論文發表人、講評人紹介詞，然陳千武理事長不許印發。

一月，專書《兒童少年文學》由富春文化公司出版。

一月，擔任師院學年度中國語文研習會講座，講題：「從詩的觀點看兒童少年詩」於臺東師院。（臺東師院校長李保玉）按：主張兒童詩必須押韻，方名副其實，且可與臺、外古典韻文相唧接。

四月三十日，返臺中老家，將父、母親身骨、衣冠合葬。五月十八日，完墳。
六月，《文章寫作與教學》一書，由富春文化公司出版。
七月二十四日，陳鏡潭院長擬聘為圖書館長，或總務長、訓導長、進修部主任。考慮自己非圖書館專業，故告以：「如院長一定要我幫忙，因為我喜歡讀書，那就到典藏組幫忙吧。」八月一日至一九九二年一月三十一日，擔任北師院典藏組主任。桌上擺放國旗，表示係在為國家做事。
八月十一日，本學期第一次館務會議典藏組提應興革議案九件，多獲通過實施。（如：增設教職員閱報室、舉辦二個月一次展覽、設兒童少年讀物閱覽專區等）
八月，擔任考試院八十年全國性特種考試公務人員高、普考試國文閱卷委員。（院長孔德成老師）
按：開始擔任國家考試閱卷工作；以後數十次。
九月二十四日至十月五日，舉辦「孔子學術研究資料特展」，計四六五件冊。校內、外讀者參觀踴躍。
九月下旬至十月初，清點圖書館四樓黃元齡館長原擬報廢之珍貴舊圖書資料一萬四千多件冊；其中有許多兒童圖書、雜誌，搶救成功。
十月十七日，《國語日報》頭條報導，臺北師院圖書館六樓「增闢兒童圖書專區」啟用。按：佔地二五〇坪。鋪地毯，設沙發、茶几，有在家閱讀的舒適感；圖書四千餘件冊。
十二月二日，成功阻止黃館長擬將鎮院之寶——日文舊圖書資料一萬多件冊，移置中央圖書館；陳鏡潭院長英明裁決。
十二月十五日，兒童少年文學論文〈由漫畫書談到兒童少年讀物的選擇〉在臺北市兒童文學教育學會年會中宣讀。會中，獲頒「推動兒童文學教育績優獎」。

一九九二年（民國八十一年）四十七歲，國立臺北師院教授、兼語文教育中心主任

一月九日，因黃館長五次無禮對待、無理批罵，忍無可忍，而辭典藏主任兼職。（小書傭記事——服務圖書館原委）三十一日，陳鏡潭院長來電，懇切要求聘兼「語文教育中心」主任；「先答應規畫設計出一組織工作計畫，如令人滿意，再接聘。院長說：好。」（工作日記簿）

二月十五日，到華視兒童文化教育節目「詩歌童唱」錄影。十月至十二月，華視來校錄影；後播出三次。為修改劇本十三集。

三月二十三日，「語文教育中心成立研究資料特展」開幕，基隆、臺北至新竹都有同好來校參觀。

三月一日，建議學校「每月初，可舉行同人慶生茶話會，以凝聚同人感情及向心力」。次日，幸獲陳鏡潭校長同意；陳校長且更發給壽星一千元郵政禮券。

三月二十九日，正式成立「國立臺北師範學院語文教育中心」（無僚屬編制）；全力推展相關業務，購置相關圖書；收到許多長期贈送、交流（五十七單位或個人）雜誌期刊，計一六八〇件冊以上。

四月十日，散文〈直心是道場〉，刊於《普門雜誌》一五一期。按：談自己的性格。

五月三日，兒童少年文學專著《兒童少年文學》，獲中國文藝協會頒發「文藝獎章」。

五月七日，語教中心邀請臺大中文系葉慶炳教授、臺東師院語教系林文寶主任，本院羅肇錦副教授、退休教授林國樑，舉辦「語文學研究經驗與方法」講論會，聽眾極多。

五月十五日，幼進班、幼教科曾授課之學生林靖娟，任職臺北市健康幼稚園，本日在戶外教學遇火燒車時，奮不顧身，再入火場救幼生，來不及走避而殉職；各界同聲惋惜與讚歎。

五月二十日，高市七賢國小教師黃瑞田兄，寄來一一五件王明德教學資料袋給語教中心。

五月三十日，專著《文章寫作與教學》獲中國語文學會頒發第二五屆「語文獎章」。

六月八日至十五日，語文教育中心舉辦「外國兒童少年語文讀物特展」，計四四八件冊。八日《國語日報》兒童新聞版有報導。

六月十九日，專著《兒童少年文學》獲教育部大學院校教學資料獎勵佳作獎。（部長毛高文先生）

六月底，出版《北師語文教育通訊》第一期，計有二十篇文章。學術論文〈王明德低年級國語科說話中心綜合教學法〉，刊於其中。

七月三十一日，語教中心主任聘期半年屆滿，請辭，不受慰留。「假私濟公」捐款合計六，五五七元。

八月，〈一等楷模幼教守護——悼念林靖娟老師〉（五、二六作）刊於國立臺北師院《國民教育》月刊三十二卷十一、十二期合刊。

八月，雜文〈千山萬水自是有緣——我的學佛因緣〉，刊於《普門雜誌》一五五期。

十月二十六日，雜文〈半路出家一學徒〉刊於《中華日報》副刊。按：自述棄商學文。《中商校友》第五十四期自動轉載。

一九九三年（民國八十二年）四十八歲，北師院、兼圖書館長；成大、南師、臺灣藝專兼任教授

二月十六日，擔任臺北師範學院圖書館長；至七月底。

二月二三、二十五日，散文〈無怨無悔為筆耕〉，刊《中華日報》副刊；述寫對寫作的熱愛與堅持。

二月二十五日，散文〈良師啟我深遠〉，刊於《中央日報》副刊；記述中商時的良師。三月二日，收入《中央日報》專刊〈中學國語文精選〉第九期內。

二月二十六日，六十九級北師專，就讀政大東亞研究所的黃寬裕，來圖書館談修改其碩士論文。

三月一日，將圖書館長職務加給中，支每週一、四請四位組長、二位編審午餐會費用；又給吳佩仁、陳金雲、二工友獎金，一工讀生清寒獎學金。

三月三十日－四月一日，圖書館舉辦兒童少年謎語詩猜射活動，有四二三八人次參加。

四月三日，圖書館主辦兒童說故事表演活動，有北師實小及和平國小附幼、同人子女等約兩百位，熱烈參加；請同人張湘君老師主持，精彩歡樂。

五月十六日，建議陳鏡潭校長考慮設置「小學圖書館學系」；未果。

六月一日，雜文〈做個研討會的常客〉，刊於《中華日報》副刊。後改名〈南征北討為那樁〉。

六月十二日，雜文〈教育是愛心的事業〉，刊於《中華日報》副刊。

六月，學術論文〈由音隨義轉觀點談字詞的了別〉，刊《北師語文教育通訊》二期。

七月二十六日，圖書館協辦「小學各科教育論著資料特展」開始。

七月三十日，教育部同意本校圖書館增置「系統資料組」；為圖書館電腦數位化邁進。

十一月二十二日－二十六日，指導語教系「各體文選」、「作文指導」、「兒童文學」一〇〇多位學生寫作成冊，舉辦「實門語文觀摩特展」。同系副教授劉漢初、周全特到會場「關切」；幸少事端。

一九九四年（民國八十三年）四十九歲，國北師院；成大、南師院、國立臺灣藝術學院兼任教授

二月六日，雜文〈教不嚴誰之惰——砂石車事件的深層省思〉，刊於《中華日報》副刊。

二月二十一日，雜文〈沖天一炮憾事多〉，刊於《中華日報》副刊。

二月，兒童少年文學論著《瓶頸與突破——兒童少年文學觀念論集》，由富春文化公司出版。

三月二十四日，雜文〈關心古書今譯事業〉，刊於《中華日報》副刊。按：開始對翻譯事有興趣。

四月二十四日，雜文〈車牌請中文化〉，刊於《中華日報》副刊。

六月一日，散文〈我永遠以母校為榮〉刊於《國立臺中商專創校七五周年紀念特刊》。

七月起，義務擔任臺北市敬老協會《敬老之友》月刊社長，編印《敬老之友》月刊。（理事長許尚武牧師）案：開始從事社會公益活動。

八月二日，雜文〈十萬野狗何處去〉，刊於臺北市政府新聞處《臺北週刊》一三二六期。

九月二十四日，雜文〈看清草地再放牛〉，刊於《中華日報》副刊。

十二月二十一日，散文〈八仙山聳綠水迴環——敬悼林鶴年先生〉，刊於《臺灣日報》副刊。按：鶴年縣長是從小心儀的人物。

一九九五年（民國八十四年）五十歲，國立臺北師院；成大中文、南師語教、臺灣藝院兼任教授

二月，兒童少年文學故事創作集《月亮有眼睛》由臺中市瑞成書局出版。

三月十日，閩南語用字的商榷「『度濟』（度晬）」，刊於《國語日報》鄉土語文版。按：開始研究臺灣閩南話用字問題。

四月三十日，在臺灣省兒童文學協會主辦「童詩新詩作品研討會」，主講「從兒童詩到少年詩」；力主詩一定要押韻。

六月，散雜文集《耕情集》列入臺中市籍作家作品集四十一，由臺中市文化中心出版。
六月，學術論文〈談語文抄寫學習法——『重謄作文教學法』的理論基礎〉，刊於《北師語文教育通訊》第三期。
七月八－九日，參與臺北市藝石協會採石之旅團，到花蓮和南寺、秀林海邊等處採黑、白藝石。
八月十四日至十八日，參加吳三連臺灣史料基金會主辦「第十七屆鹽分地帶文藝營」；觀念丕轉，臺灣本土意識確立，矢志下半生為臺灣國家奉獻。（營主任吳樹民先生）
本年，政府匆促實施強迫式全民健保（二〇一一年八月十四日，自由時報載美國醫改法強迫人民納保，被判決違憲）。按：二〇一〇年，更實施二代健保。之前，發生臺北市長馬英九告輸中央政府，卻仍拒還健保費三七四億多元；二〇〇八年，馬又瞞取總統位，而由全民埋單之醜劇。

一九九六年（民國八十五年）五十一歲，臺北師院；臺灣藝院兼任教授

二月十五日，學術論文〈兒童韻詩直承音樂文學的傳統〉，刊於臺北師院《國民教育月刊》三六卷三期。按：再申述童詩必須押韻的論點。
二月，學術論文〈談古今詩的格律形式〉刊於《國立臺北師院學報圖書館通訊》第四期。按：申述必須押韻，符合基本格律要求，才算是「詩」體。
二月，學術雜文〈『臺灣閩南話』定名的建議〉刊於《國文天地》雜誌八十五年二月號。按：已開始注意、研究臺灣閩南語、臺灣閩南語文學。
三月－四月，擔任行政院新聞局八十五年「中小學課外優良讀物推介活動」評審委員，兼語文文學組召集人、小太陽獎複審委員。案：後又多年參與。

四月二十三日，臺灣文學雜文〈臺灣文學蔚為顯學態勢的思考〉刊於《中央日報》副刊。按：開始密集研究、撰寫臺灣文學論文、著述。

七月八日，雜文〈熱愛鄉土〉，刊於《國語日報》少年版〈燈塔〉專欄。

十月二十六日，學術雜文〈文字退化時代的因應策略〉，刊於《中央日報》副刊。

十一月二十三日，臺灣文學雜文〈菅芒花的國格〉刊於《臺灣日報》副刊。

十一月二十四日，文學雜文〈甘藷命底好出頭〉刊於《民眾日報》副刊。

一九九七年（民國八十六年）五十二歲，臺北師院語教系；臺灣藝院兼任教授

一月十五日，擔任行政院新聞局電影片「雙面鏡」（芭芭拉史翠珊主演）初檢工作。

一月，臺灣文學專著《臺灣小說名著新探》由文史哲出版社出版。

二月十二日至十六日，參加「第一屆鹿耳門臺灣文學營」；更堅定下半輩子奉獻給臺灣的決心。

四月七日，輿情雜文〈臺灣特有的服裝是什麼？〉刊於《臺灣日報》輿論版。

四月十六日，輿情雜文〈女廁不收費，男女真正平權〉刊於《臺灣日報》輿論版。

四月，兒童少年文學專著《兒童少年文學與研究精選》由文史哲出版社出版。

五月五日，雜文〈華實相扶，止於至善〉刊中華文化總會《活水》一四一期，「我的座右銘」專欄。

七月，臺灣文學專著《臺灣兒童少年文學》由臺南市世一文化公司出版。二〇〇三年三月，世一公司改名《臺灣鄉土文學館——兒童少年文學賞析與研究》，修訂出版。

八月起，擔任國立北師院語文系「臺灣文學」課程、課程與教學研究所「小學語文教材教法專題研究——鄉土語文」課程，一學年。

八月，雜文〈由臺灣的族群性格談到根本教育之道〉，刊於北師院《國民教育》三七卷六期。按：
文中有批評李喬所提閩南人沙文主義的錯謬。
九月，兒童少年文學論文〈發現先住民兒童文學〉刊於臺灣省教育廳《師友》三十六三期。
一九九八年（民國八十七年）五十三歲，北師院；私立淡水工商管理學院臺灣文學系教授兼系主任
七月四日，雜文〈尋找使命感〉刊於《臺灣時報》。
八月一日至二〇〇一年七月，擔任私立淡水工商管理學院（真理大學）臺灣文學系教授兼系主任。
八月三日至四日，至高雄美濃參加鍾理和紀念館主辦「臺灣文學研習營」；見葉石濤先生談十一月
舉辦葉氏文學會議事宜。
八月五日，葉能哲校長召見，對前所調整、新設計四十多種課程，均表支持。另要求整理馬偕博士
與通識文雅教育的關係。連夜完成，次日交卷。
八月，淡水學院臺文系新生錄取名額，增為六十名。為全校最高分；按：後二年同。
九月十二日，心語〈揮別國北「流浪到淡水」，牽引更多的臺灣子弟，奉獻更大的文學熱力，福爾
摩莎的未來就在大家的手裏〉，刊於《聯合報》副刊〈作家生日感言〉專欄。
十月二十三日，時事雜文〈國家文學館何去何從〉刊《自由時報》。按：旨在批評臺大齊邦媛老師
將「國家文學館」定位為「中國現代文學館」的謬論；吾愛吾師，吾更愛臺灣！
十月二十九日，輿論雜文〈水土保持，日本經驗可以借鏡〉刊於《自由時報》自由廣場版。
十一月七日，舉辦「福爾摩莎的瑰寶——葉石濤文學會議」，約二五〇位人士與會。
十二月二十七日，輿情雜文〈成為世界性的文學館〉，刊於《聯合報》輿論版「在大地上打樁——

建構理想的國家文學館」專欄。

十二月，臺灣文學系登報向文學先進及社會各界徵集臺灣文學資料，以充實系圖書室。

十二月，創刊臺灣文學系學報，定名為《淡水牛津臺灣文學研究集刊》。

一九九九年（民國八十八年）五十四歲，淡水學院臺文系教授兼系主任

一月十一日，母校臺中商職導師林俊吉先生來信勉勵。時，林師任教樹德工商專科學校（後升格為修平技術學院——修平科技大學）科主任。

三月至五月，參與行政院新聞局第十七次推介「中小學優良課外讀物」暨第四屆小太陽獎評選委員、兼語文文學組召集人、各組總召集人。（新聞局長程建人先生）

六月十三日，臺灣文學雜文〈文學必須植根於本土生活〉，刊《聯合報》副刊；係宇文正的專訪。

六月，臺灣文學論文〈臺灣文學發展必須扎根於兒童少年文學〉，刊於《妙心》雜誌四三期。八月，刊於第五屆《亞洲兒童文學會論文集》。

九月十一日，臺灣南投發生大地震，災情慘重，影響深遠。

十一月六日，主辦「福爾摩莎的文豪——鍾肇政文學會議」，研討熱烈；約有三三〇人參加。

十二月，規畫臺文系「教育學程」呈報，可使畢業生多一作育本土語文人才之機會。未獲核准。

二〇〇〇年（民國八十九年）五十五歲，真大臺文系教授兼主任、政大國小教育學分專班兼任教授

二月九日，論文〈不是臺灣人也不是中國人—「陳夫人」的勁爆啟示〉，刊《勁報》副刊。

二月起，指導真大臺灣文學系第一屆四十七位畢業生撰寫學士論文或臺灣文學作品集編寫一學年。

三月三日，臺灣文學散文〈有家真好——記春節中部災區之行〉刊於《民眾日報》副刊。按：記去年九二一大地震。

三月二十二日，參加民眾日報舉辦「如何推動教育改革」座談會。談話內容「認識臺灣，從本土教育著手——將義務教育改為權利教育，摒棄幼稚園的大學生」，次日刊於《民眾日報》。

五月，雜文〈談舉辦兩岸學術活動〉刊於《民眾日報》鄉土副刊。按：批評矮化臺灣國之誤。

六月四日，擔任行政院文化建設委員會八十九年鄉土語文競賽大會閩南語演說評判委員、閩南語評判長。（主委陳郁秀）

六月至二〇〇四年凡五年，擔任文建會國立文化資產保存研究中心「全臺詩」、「臺灣文學辭典」二計畫期中、期末報告審查委員。

六月至二〇〇一年七月，創設真大臺文系學生「臺灣學學習護照」，鼓勵學生參加各種學活動，每場次資助交通費；計二十九位，三二八場次，三萬二千八百元。

七月三日，輿論雜文〈期待設立臺灣語文推展委員會〉刊於《自由時報》自由廣場版。

八月四日，陳水扁總統至臺南北門鄉南鯤鯓第二十二屆鹽分地帶臺灣文藝營，頒致「資深臺灣文學家成就獎」給巫永福、葉石濤、詹冰、陳千武、林亨泰（莊培初）等人；係六月初，呈請學校致函總統府請求多加照顧他們，所得之回應。

九月十六日，在臺北市二二八紀念館視聽室主講藝文講座：「深掘早期民歌的生命力」。

九月二十八日，文學雜文〈為臺灣文學的未來——籲請總統宣示本土化為國策〉刊《民眾日報》。

十一月四日，舉辦「福爾摩莎的心窗——王昶雄文學會議」；約有四百位人士參加。

十一月十四日，《中央日報》記者陳惠妍報導：「真理大學臺灣文學系徽寓意深」刊〈教育圈〉版。

按：臺灣文學系徽係請友人施並錫教授義務設計。後，本人並題詩：「低頭親沃土／勤筆耕文心／執耳跨國界／臺牛足精神」。

十二月十六日，主持《文訊》雜誌社主辦「第四屆青年文學會議」論文發表會；於國家圖書館。

本年，臺灣文學系接受陳國章、林碧湘伉儷捐助學生論著出版基金一百萬元；為擬獎助辦法。

二〇〇一年（民國九十年）五十六歲，真大臺文系教授兼主任、開南管院通識中心臺灣語文教授

二月四日，向真理大學校長葉能哲建請設立「臺灣美術學系」；臺師大美術系施並錫教授答應代為設計課程、建議師資名單等。未果。

三月十一日，輿論雜文〈所謂師長推薦函……〉刊於《聯合報》民意論壇版。按：敘說大學推甄須交師長推薦函之流弊。

三月，透過真大行文行政院僑務委員會，建議海外僑校提供母語師資名額，使臺灣文學系畢業生多一奉獻所學機會。按：僑委會張富美主委懇切答覆同意。

五月四日，推薦鍾肇政、邱各容獲中國文藝協會頒榮譽文藝獎章（小說類）、文藝獎章（兒童文學）。

五月五日－十八日，真大臺文系第一屆四七位畢業生口試研討會，分十五場次進行，對外開放；有金門林麗寬老師等許多校外人士光臨。

六月一日，獲母校省立臺中商職（後改制國立臺中技術學院、臺中科技大學）九十年傑出校友（文化文學類）。二日，返母校接受，由阮大年校長頒授。按：第一屆臺灣十大傑出青年——王甲乙老校友，亦應邀出席頒獎。

八月起，義務擔任開南管理學院語言村河洛鎮河洛語教師，初期有十位學生（巴家星同學等），機動配合學生時間講授。

十二月七日－八日，參加國立臺灣文學館籌備處主辦「櫟社成立一百周年紀念學術研討會」，於霧峰臺灣省諮議會。

十二月，文學編著《臺灣詩路》由臺南鹽水鎮月津文史工作室出版。二〇〇三年再版，二〇〇八年修訂。

二〇〇二年（民國九十一年）五十七歲，開南管院通識教育中心教授

三月二四－二十五日，擔任教育部第一屆國民中小學閩南語、客家語教學支援人員檢核考試閱卷委員，於新竹師院。考前並任出題委員。（主任委員顏啟麟校長）

三月，臺灣文學專著《臺灣文學汲探》、《臺灣文學教育耕穫集》由文史哲出版社出版。

四月十二日，擔任國立臺灣藝術教育館等「臺灣藝術、心靈與創作」研習營講座，講題：「臺灣歌謠之美——早期古典詩歌藝術賞析」。四月二十六日，講題：「詩詞欣賞與吟唱」。五月十日，講題：「詩歌賞讀（河洛語文藝術）」。五月二十四日，講題：「童謠的吟誦與創作」。

按：開始整理編纂《臺灣流行不朽歌曲的本事與欣賞》。

五月七日，籌備「開南名人講座」，邀請葉石濤先生主講「臺灣文學的認識與透視」；並自六日起，配合推出「葉石濤先生手稿、著述與研究資料特展」。

五月，推薦施並錫教授榮獲中國文藝協會頒致文藝獎章（美術類）。

七月一日，真大『真理大學九一學年度招生簡訊』報導臺灣文學系畢業生六位考取研究所進修。

按：分別是：陳玟靜、蔡明原、彭維建、李格扶、殷豪飛、吉渥絲・拉娃。

八月二十七日，參加新竹市文化局第六屆「二〇〇二竹塹文學獎」短篇小說組決審會議。會中，強力主張將〈熱，不熱鬧？熱鬧〉一篇列二獎；開票後方知為昔日學生（真大陳廷宣）之作品。

九月，完成《臺灣古今文學家》百人百篇。按：八月起，已分篇在《臺灣新聞報》西子灣副刊及行政院僑務委員會《僑教》雙週刊連載。

九月至二〇〇三年二月，指導開南管院財務金融系學生呂莫英，從事國科會專題研究計畫：《張文環作品所反映的市井百態研究》論文寫作。

二〇〇三年（民國九十二年）五十八歲，開南管院通識中心；臺北大學進修學士班兼任教授

三月十一日，《臺灣古今文學名家》自印出版。

三月二十四日，參加沙卡・布拉揚新書《臺語文學語言生態的觀想》、《佮魔神仔契約》發表會，在臺北市國賓飯店。會中被羊子喬（楊順明）司儀要求發言，除了談到和沙卡相識之經過外，預言臺灣本土語文學家作品將來會先獲得諾貝爾文學獎。

六月一日，臺灣文學雜著《臺灣流行不朽歌曲的本事與欣賞》自印出版。

六月三日，出席九十二年交通事業港務人員升資考試典試委員會議，獲考試院長姚嘉文命為典試兼命題委員，命題以臺灣本土試題為主；七月考試，九月起，因次年將總統大選，引起傾中的中國國民黨、客家及先住民族群過度反應。

六月，專書《文學散文理論與寫作研究》簡易出版。

七月二十八日，至彰化師範大學國文研究所，擔任進修部研究生李婉君論文〈臺灣河洛諺語有關女

性歷程之探討〉口試；被推為委員會主席。（指導教授周益忠。委員另有臧汀生。所長黃忠慎先生）

七月三十一日，為妻編印服務臺北市中山女子高級中學卅年榮退紀念集——《玉潤海藍作品選集》。

七月，兒童少年文學創作集《趣味美妙的成長——兒童少年文學作品集》，自印出版。

八月，勵志散文集《八至八十歲的生命燈塔》自印出版。

二〇〇四年（民國九十三年）五十九歲，開南管院通識中心臺灣國語文教授；臺灣北大教授

六月二十四日，致函教育部長杜正勝關切閩南語言教學、拼音及用字等相關問題。七月六日，教育部由「國語會」函覆。

六月，文學雜文「『臺灣客家話』的定名」刊於屏東縣『六堆風雲』雜誌一〇六期。

九月起，在開南大學講授「臺灣文學名家與名作」課程。

十二月，擔任東海大學中文系九三學年度第一學期博士班資格考試命題及閱卷委員。二十七日筆試。

二〇〇五年（民國九十四年）六十歲，開南管院通識；北大、政大學士後教育學分班兼任教授

一月九日，擔任臺灣師大臺灣文化及語言文學研究所舉辦「大學臺灣人文學門系所之現況與展望研討會」綜合座談特約討論人。（姚榮松所長邀約）

四月，文學評論〈《千金譜》的臺灣文學價值〉，刊於桃園市呂理組出版《正字千金譜》。

四月，文學評論〈吳坤明《臺語語讀對應關係》的曠世發現〉，刊於吳坤明老師出版《臺語語讀對應關係之探討與應用》；為書「代序」。

五月二十三日，擔任東海大學中國文學研究所鄭昱蘋碩士論文《王昶雄的文學世界》口試工作。

八月，編著《實用正字臺灣童謠》由桃園市呂理組刊行。內有：〈兒童歌謠音樂性依舊在——『實用正字臺灣童謠』代序〉、〈臺灣傳統童謠的時代價值〉二文。二〇〇七年五月修訂再版。

八月，編撰專書《臺灣海洋文學》自印出版。

九月八日起，擔任教桃園縣桃園社區大學「臺灣文學名家與名著」課程三年。

九月起，繼二〇〇〇年之後，復任政治大學九十四學年度「學士後國小教師職前教育學分班」之「兒童文學」課程。（友人陳正治教授推介。校長鄭瑞城先生）

二〇〇六年（民國九十五年）六十一歲，開南大學通識中心臺灣國語文教授；北大兼任教授

九月十一日，前天到板橋市新埔國小參加農委會「農業種子學院研習營」，手冊中談農委會沿革，把臺灣視為中國一部分；今天寫信給農委會主委蘇嘉全、副主委胡富雄等有關人士四位，要求改正以臺灣國為主體。

九月二十一日，評審雙溪國小舉辦九十五年度臺北縣瑞芳區語文競賽閩南語。該校長曾秀蓮是國北師校友，教過她們「兒童文學」課程；「老師好仔細哦！」說出其印象。

九月，編撰專書《臺灣海洋哲學》自印出版。

十月，臺灣文學評論〈許成章、吳坤明探尋臺語正字工程比較研究〉，刊於國立中央圖書館臺灣分館《臺灣學研究通訊》第一期。

十二月，文學論文〈臺灣文學起源問題研探〉刊中央圖書館臺灣分館《臺灣學研究通訊》二期。

二〇〇七年（民國九十六年）六十二歲，開大；北大兼任教授

四月十六日，評選第六屆宜蘭縣教育局蘭陽少年文學獎；羅東國中陳正吉校長請求代找綠蒂（王吉隆）、陳正治、陳謙、許素蘭、王幼華等擔任評審委員。次年三—四月，第七屆。四月九日，由綠蒂（王吉隆）、楊青矗、陳謙、許素蘭、王幼華、陳光憲、孫劍秋、顧惠倩任評審委員。

五月十八日，大弟政芳，在到臺中縣（今臺中都）新田慈濟分院作志工，返家後約一小時，因第三度中風突逝；享壽五十七歲。六月二日，出殯，許多慈濟師兄、姊來送他；弟媳瑞妍說：「他比正式加入慈濟的還更多人來送別，稍可安慰。」

六月十五日，在開大主辦「二〇〇七年基礎教育國際學術研討會」中發表論文：〈發現臺灣皇民化詩人——周伯陽的作品內涵及其相關問題〉。十二月，論文刊於《開南通識研究集刊》第十二期。

九月起，在開南大學講授「臺灣幽默諧趣文學」課程。

二〇〇八年（民國九十七年）六十三歲，開大；北大兼任教授

四月二十九日，擬發表論文變演講，因臺灣徐霞客研究會籌備祕書長陳應琮認為〈明代中國遊聖徐霞客的典範〉論文，宜作研究會的主題演說。五月二十二日，到基隆經國管理暨健康學院記遊文學研討會中，作專題演講。

十二月，文學評論〈另眼看葉石濤的第一篇小說《林君寄來的信》〉、〈宋澤萊論陳千武創作語言問題平議〉、〈臺灣田園文學真的與土地絕緣？〉刊於《桃園縣桃園社區大學九十七學年臺灣閩南語學習成果文集》。

二〇〇九年（民國九十八年）六十四歲，開大；臺灣北大兼任教授

六月一日，雜文〈戰蚊蟲，上臺大〉刊於《中商九十周年校慶文集》。

六月十六日，擔任彰化師範大學臺灣文學研究所碩士班陳胤維論文〈臺灣近代漁民文學研究〉（葉連鵬教授指導）考試委員。（所長周益忠先生）。

二〇一〇年（民國九十九年）六十五歲，開大通識中心、數位應用華語文學系（未能排課）教授

十月五日，擔任雲林縣國教輔導團國語文領域辦理「海洋教育進階研習」講座，主講：「世界海洋生存哲學與文學名著的教育啟示」，於虎尾鎮東仁國中。（縣長蘇治芬）

十二月二十五日，擔任帝寶教育基金會舉辦九十九年冬季班研習講座，主講「臺灣真精神——特具風骨的本土文學家」；於彰化縣鹿港高中。（基金會長許嘉種先生）

二〇一一年（民國一〇〇年）六十六歲，開大應華系（支援通識課程）、亞東技術學院通識中心兼任教授

十月，著作《宋代大儒黃震（東發）之生平與學術》由永和市花木蘭文化出版社出版。

十月七日，受臺北市立教大地球資源暨生物學系林明聖副教授之邀，在所授通識課程「海洋人文社會科學導論」堂上，講授「臺灣海洋文學」。林副教授對教學、社會、國家頗為有心。

二〇一二年（民國一〇一年）六十七歲，開大應華系（支援通識課程）；亞東技院兼任教授

二月一日，屆齡退休，離開任教三十四年又六個月的杏壇。

二月起，在亞東技術學院通識中心增授「美學鑑賞」課程。

五月十八日，為昔省北師專學生黃文樹應徵雲科大漢學所教職寫推薦書。

六月二十五日起約一週，為前年在鹿港帝寶文教基金會演講的聽眾吳榮仁先生，寄來他在中正大學戰略與國際關係研究所進修碩士論文：〈馬英九「臺灣前途由臺灣人決定」之論述的意涵：一個問題建構的研究途徑〉（陳亮智教授指導），逐字逐句修改潤色。

二〇一三年（民國一〇二年）六十八歲，開大應華系（支援通識課程）；亞東技院兼任教授

一月十二日，參加臺灣新世紀文教基金會舉辦「聯合國、臺灣與世界文化遺產」座談會。

三月三十日，到臺北市孫文紀念館國家畫廊，觀賞臺靜農老師等四位遺墨展。

四月二十日，開始到礁溪三號縣道龍泉橋下撿石頭，蒐找臺灣造型石、平底文鎮石、奇特藝術石等。學期終，將送每位學生一顆石頭：藝術觀賞石、臺灣造型石或書法文鎮石。

十一月二十三日，到桃園縣臺語文化學會演講「古今臺灣相關著名詩文與嘉言」。

二〇一四年（民國一〇三年）六十九歲，開大應華系（支援通識課程）；亞東技院兼任教授

九月，為當年成大兒童文學課旁聽生呂姝貞修飾論文〈釋道安的生平行誼與對中國佛教發展的貢獻〉；十二月將在高師大「宗教心靈改革」學術研討會上發表。

十月八日，約用一週的時間修改老學生黃寬裕的學術討論會論文：〈社會參與式學習課程的理論與實踐－以「人生哲學」課程為例〉。

二〇一五年（民國一〇四年）七十歲，繼母往生，開大華語系（支援通識）；亞東技院兼任教授

一月十九日，完成散文〈可以不如學生？〉刊於五月號《清流》雜誌。

一月二十二日，撰寫散文〈就怕過年〉。寫媽媽生病，首次無心過年的心情。六月四日，刊於金門日報副刊文學。

一月二十四日，撰寫散文〈有拜有保庇〉。寫祝福媽媽病快快好起來。六月九日，刊金門日報副刊。

二月十日，繼母於晚上十一時五十四分捨報往生，享壽八十九歲。二月十七日，出殯。荼毗。安塔。

三月七日，在桃園縣臺語文化學會演講：常見漢語的誤用字、詞、音是正。

五月五日，《文訊》五月號三五五期有王基倫雜文〈在斗室內成就自己——側記羅聯添教授〉。文中避重就輕，又有語焉不詳處；如：羅當年遭仙人跳，及當國民黨三腳馬連學生都出賣等事，卻說：「當他剛退休的時候，對於系上待他的方式，是頗為憤懣不平的」云云。

五月二十五日，自由時報〈言論廣場〉版刊出時論雜文〈「登飛來峰」詩遭吳副總統四度曲解，須正視聽〉；主編改題為：〈不懂文言文，莫登飛來峰〉。

六月十三日，林萬來賢弟在金門日報副刊文學發表「我的老師」文。

七月十二日，完成「美的世界遺產新主人——新加坡植物園」文；八月十三日刊於金門日報。

七月二十五日，北師專六十九級畢業三十五年同窗會，在北師大禮堂召開。致詞呼籲建議成立「六九級校友總訊息交流中心」。

七月二十九日，報載文化部已聘請成大陳益源教授為國立臺灣文學館長；但本土數個社團說他「外行又傾中」而出面抗議，要求撤換。連夜撰寫「為陳益源教授說句公道話」投書，並寄報載三社團、文化部、益源兄；要求文化部堅聘勿撤換。

七月三十日，陳益源回信並提及：「當初，由於您的緣故，我遠從嘉義開車到淡水真理大學臺文系授課，以及指導學生、與學生在臺北縣進行民間文學調查的諸多情景，往往歷歷在目，頗多感觸！我會認真為臺灣文學努力多做點事，盼您繼續支持！」

八月四日，決議將六十九級北師專校友總訊息交流中心版主工作攬下。下午就發出第一信給甲班同學。戊班後再建立。八月六日，劉建春第一位回音，有好的開始。

附記：本書承林萬來校長賢弟，助印三百本，謹申謝忱。

釀文學203　PG1498

耕情・啟思・在地心
——林政華詩文集

作　　者　林政華
責任編輯　杜國維
圖文排版　楊家齊
封面設計　蔡瑋筠

出版策劃　釀出版
製作發行　秀威資訊科技股份有限公司
114 台北市內湖區瑞光路76巷65號1樓
電話：+886-2-2796-3638　傳真：+886-2-2796-1377
服務信箱：service@showwe.com.tw
http://www.showwe.com.tw
郵政劃撥　19563868　戶名：秀威資訊科技股份有限公司
展售門市　國家書店【松江門市】
104 台北市中山區松江路209號1樓
電話：+886-2-2518-0207　傳真：+886-2-2518-0778
網路訂購　秀威網路書店：http://www.bodbooks.com.tw
國家網路書店：http://www.govbooks.com.tw
法律顧問　毛國樑　律師
總 經 銷　聯合發行股份有限公司
231新北市新店區寶橋路235巷6弄6號4F
電話：+886-2-2917-8022　傳真：+886-2-2915-6275

出版日期　2016年8月　BOD一版
定　　價　430元

國家圖書館出版品預行編目

耕情.啟思.在地心：林政華詩文集 / 林政華著.
-- 一版. -- 臺北市：釀出版, 2016.08
面；　公分. -- (釀文學；203)
BOD版
ISBN 978-986-445-128-9(平裝)

848.6　　　　105010675

讀者回函卡

感謝您購買本書，為提升服務品質，請填妥以下資料，將讀者回函卡直接寄回或傳真本公司，收到您的寶貴意見後，我們會收藏記錄及檢討，謝謝！

如您需要了解本公司最新出版書目、購書優惠或企劃活動，歡迎您上網查詢或下載相關資料：http:// www.showwe.com.tw

您購買的書名：________________________________

出生日期：________年________月________日

學歷：□高中（含）以下　□大專　□研究所（含）以上

職業：□製造業　□金融業　□資訊業　□軍警　□傳播業　□自由業

□服務業　□公務員　□教職　□學生　□家管　□其它_____

購書地點：□網路書店　□實體書店　□書展　□郵購　□贈閱　□其他

您從何得知本書的消息？

□網路書店　□實體書店　□網路搜尋　□電子報　□書訊　□雜誌

□傳播媒體　□親友推薦　□網站推薦　□部落格　□其他__________

您對本書的評價：（請填代號　1.非常滿意　2.滿意　3.尚可　4.再改進）

封面設計____　版面編排____　內容____　文／譯筆____　價格____

讀完書後您覺得：

□很有收穫　□有收穫　□收穫不多　□沒收穫

對我們的建議：________________________________

____

____

____

請貼
郵票

11466
台北市內湖區瑞光路 76 巷 65 號 1 樓
秀威資訊科技股份有限公司 收
BOD 數位出版事業部

（請沿線對折寄回，謝謝！）

姓　　名：________________ 年齡：________ 性別：□女　□男

郵遞區號：□□□□□

地　　址：________________________________

聯絡電話：（日）________________ （夜）________________

E-mail：________________________________